E-Z DICKENS SUPERVARONIS TRĪTĀ GRĀMATA:

SARKANĀ ISTABA

Cathy McGough

Stratford Living Publishing

Saturs

Tiem, kas tic...

"Varonis ir parasts cilvēks, kurš atrod spēku izturēt un izdzīvot, neskatoties uz nepārvaramiem šķēršļiem.""

Christopher Reeve

PROLOGU

Bijapagājuši divi gadi, un bija pirmais decembris, E-Z piecpadsmitā dzimšanas diena. Lai gan ārā bija ļoti auksts un visapkārt mutuļoja sniegpārslas, viņš un viņa ģimene un draugi bija nelokāmi nolēmuši sarīkot ballīti ārā, kur bija iekurts ugunskurs, lai sildītos, un grils.

Tagad, kad Samanta un Sems bija precējušies, Dikensu mājsaimniecībā bija vēl vairāk darba. Kad pie viņiem viesojās draugi, nekad nebija garlaicīgi.

Sema un Samantas kāzas bija neliela ceremonija dzimtsarakstu nodaļā. Lia bija goda draudzene, E-Z bija līgavainis, bet Alfrēds, gulbis trompetists, bija gredzenbrālis.

Lia bija pasmējusies par Alfrēdu, jo viņš bija tērpies tumši zilā tauriņā un neko citu. Alfrēdu šī uzmanība neuztrauca, jo viņš zināja, ka atrodas labā kompānijā ar citiem, piemēram, bijušajiem Lielbritānijas premjerministriem.

"Ja izcilais Vinstons Čērčils uzskatīja, ka tauriņš ir pietiekami labs viņam, tad tas ir pietiekami labs arī man!" Alfrēds teica.

"Viņš arī smēķēja lielu, resnu cigāru!" E-Z teica. "Es ļoti ceru, ka arī tu nesāksi smēķēt vienu no tiem."

Lia nopriecājās.

"Steiki ir gatavi!" Sems sauca. "Ja tev tie garšo reti, nāc un paņem tos tagad."

Tikai Samanta pienāca klāt ar sagatavotu šķīvi. "Tavs dēls šodien vēlas sarkanus," viņa teica, glāstīdama savu vēderu.

"Ko mans dēls vēlas, to viņš arī saņem," teica Sems, paceļot steiku sievai uz šķīvja. Viņa iebakstīja pa vidu, kamēr vīrs tam pievienoja ceptu kartupeli un dažus sparģeļus.

Samanta apēda sparģeļus, dodoties uz piknika galdu. Viņa bija rūpīgi izplānojusi E-Z dzimšanas dienu un pavadīja daudz laika, lai izrotātu galdu ar priekšmetiem, kas bija veltīti laimīgai dzimšanas dienai. Viņa apsēdās un pārgrieza ceptos kartupeļus uz pusēm, tad pievienoja skābo krējumu, maurlokus, sviestu un dažus šāvienus sāls.

E-Z, Lia, Alfrēds, PJ un Ardens palika uz vietas, jo pie ugunskura lielākoties bija siltāk. Tēvocim Semam nepatika, ka cilvēki klaiņo apkārt, kad viņš apkalpoja grilu, tāpēc viņi turējās viņam no ceļa. Turklāt viņiem visiem patika labi pagatavoti mietiņi, turklāt tas deva arī iespēju aprunāties vienatnē un paspēt uzkavēties.

"Ko jūs domājat par mūsu supervaroņu tīmekļa vietni?" E-Z jautāja.

PJ un Ardens paskatījās viens uz otru, tad paraustīja plecus.

"Nāciet," sacīja E-Z. "Ko jūs, puiši, par to patiešām domājat? Es zinu, ka jūs esat apskatījuši vietni, jo tēvocis Sems man palīdzēja apskatīt datus. Man nebija ne jausmas, ka mēs varam uzzināt tik daudz informācijas, piemēram, kas apmeklē mūsu vietni, cik ilgi tajā uzturas, ko skatās. Un es atpazinu jūsu IP adreses. Pastāstiet, ko jūs par to domājat?"

"Visa patiesība? Bez aizturēšanas?" PJ jautāja.

"Brutāla patiesība?" Ardens piebilda.

"Jā," E-Z piekodināja. Viņš samazināja balsi līdz čukstam. "Tēvocis Sems paveica lielisku darbu. Tomēr mēs tomēr neorientējamies uz pareizo auditoriju, jo gandrīz nesaņemam nekādu satiksmi. Bez jums diviem un IP adreses, kas atrodas Francijā, mums gandrīz nav bijis neviena apmeklējuma.

"Daži cilvēki, tāpat kā jūs, ir iegriezušies un apskatījuši vietni dažas reizes, bet viņi nepaliek uz ilgu laiku. Tēvocis Sems ieteica, ka varbūt mums vajadzētu sākt biļetenu, likt cilvēkiem pierakstīties un sūtīt viņiem jaunumus, bet es nezinu. Šobrīd visi gatavo jaunumus, un šķiet, ka tas ir daudz darba. Tēvocis Sems man parādīja, ka viņš ir pierakstījies uz apmēram piecdesmit no tiem!

"Kas attiecas uz palīdzības lūgumiem - kas ir galvenais iemesls, kāpēc mēs izveidojām tīmekļa vietni -, līdz šim viss, ko mums ir lūguši darīt, bija lietas, ar kurām nodarbojas vietējās amatpersonas, piemēram, policija un ugunsdzēsēji. Man nepatīk doma, ka mēs steidzamies glābt kaķi kokā, bet ugunsdzēsēji ierodas pilnā ekipējumā, lai paveiktu to pašu darbu. Tas ir neefektīvi gan viņiem, gan mums. Un tas ir neērti, kad viņi ierodas tieši tad, kad mēs beidzam darbu. Viņu laiks ir vērtīgs - viņi katru dienu glābj dzīvības. Tas ir necienīgi, ja jūs saprotat, ko es domāju? Viņi glābj dzīvības un dežurē divdesmit četras diennaktis septiņas.

"Es domāju, ka mums ir vajadzīgi pieprasījumi, lai mēs netērētu viņu laiku un neapgrūtinātu viņu darbu vēl vairāk, nekā tas jau ir. Atvainojiet par tik garu runu, bet, kad es domāju par visu, ko viņi izdarīja pēc negadījuma ar maniem vecākiem..."

PJ un Ardens pieskrēja tuvāk un čukstēja. Viņi negribēja aizskart Sema jūtas - galu galā viņi nebija eksperti - vai riskēt, ka viņš varētu viņus noklausīties un sadedzināt viņu steikus līdz kraukšķim.

"Mēs pilnīgi saprotam, ko jūs domājat," sacīja PJ. "Turklāt policija un ugunsdzēsēji ir būtiski dienesti, un viņiem maksā par cilvēku glābšanu. Savukārt jūs esat brīvprātīgie."

"Tātad viņu tīmekļa vietne un viņu tiešsaistes klātbūtne sociālajos medijos ir citāda, nekā jums vajadzētu būt," teica Ardens. "Un viņiem ir daudz darbinieku dažādos līmeņos, lai visu uzturētu un atjauninātu."

"Savukārt jūsu vietnei vajag kaut ko vairāk supervaroņu - ja tas vispār ir vārds - un mazāk korporatīvu. Tāpat kā leģendām, tiem, kuru pēdās jūs ejat. Paskatieties uz dažām viņiem izveidotajām vietnēm - un tie ir izdomāti varoņi. Iedomājieties, ko mēs varētu paveikt, ja sekotu viņu piemēram," teica Ardens.

"Kā ko? Es zinu, ka jums ir dažas idejas, tāpēc dalieties," sacīja E-Z.

"Nu, kā jūs jau, iespējams, sapratāt, mēs abas kopā veicām prāta vētru. Un mēs izveidojām mājaslapas inscenējumu - tā vēl nedarbojas un nedarbosies, kamēr jūs to neapstiprināsiet - par to, kāda varētu būt jūsu mājaslapa. Tā ir manā telefonā. Paskatieties un redziet, ko mēs domājam, un padomājiet par iespējām, jo to mēs paveicām diezgan ātri." PJ nospieda sākt. Trijotne noliecās uz priekšu.

Uz ekrāna vispirms parādījās vārdi: "Laipni lūgti Supervaroņu *Trijotnes* tīmekļa vietnē." Pēc tam animētā veidā tika palielināts attēls uz E-Z. Viņš sēdēja ratiņkrēslā, kā to varēja gaidīt, tērpies melnā t-kreklā, zilos džinsos un skriešanas apavos.

E-Z noslaucīja matus, kad ieraudzīja, cik pudelesbrusam līdzīga izskatās melnā strīpa viņa gaišo matu vidū. Viņš nekad nespēja pie tā pierast.

"Kas tas ir uz mana krekla, džinsiem un apaviem? Vai tas ir logo? Un kā jūs mani padarījāt par karikatūru?"

"Jā, tas ir logo. Mums šķita, ka eņģeļa spārns ir foršs un piemērots," teica Ardens.

"Mēs izmantojām aplikāciju, lai padarītu tevi par karikatūru," sacīja PJ. "Mēs nedaudz rediģējām tavas rokas. Ceru, ka mēs nepārspīlējām."

E-Z's tuvāk aplūkoja, kā animētā sevis versija krustās rokās. Tagad viņa uzmanību piesaistīja viņa diezgan kuplākie apakšdelmi, un vaigi apsarkanēja. Viņš izskatījās pēc ponča, pozētāja. Vai viņa draugi tiešām domāja, ka šādā izskatījās labāk? Viņš sašūpojās, kad uz ekrāna parādījās E-Z uz spārniem. Viņš pacēlās gaisā un norādīja.

Tā bija pirmā iepazīšanās ar Lia. Viņa ieradās arī animācijas formā. Lia no galvas līdz kājām bija tērpusies violetā kombinezonā ar tutu. Viņas gaišie mati bija cieši sakārtoti ponija astē, un pār acīm viņai bija uzliktas violetas saulesbrilles. Ejot pāri ekrānam, viņa izskatījās dzīvespriecīga, draudzīga un mīļa. Viņa pagriezās un apstājās kā modele uz skrejceļa un pozēja.

E-Z nopriecājās; viņš nevarēja sev palīdzēt.

"Nu, es vismaz neizskatos kā pozētāja ar mākslīgiem muskuļiem!" viņa teica.

E-Z nekomentēja.

Animētā Lia izstiepa rokas uz priekšu, plaukstas vērstas pret zemi. Tad, voila, viņa tās pagrieza. Kreisā acs plaukstā atvērās, tai sekoja labā. Tās sinhroni mirkšķināja. Lia noturēja pozu, tad caur pirkstiem svilpināja.

"Vēlētos, lai es to tiešām varētu!" viņa teica, mēģinot atdarināt savu animēto versiju.

E-Z pīkstēja.

"Parādi," viņa sacīja, pagrūžot viņu ar elkoni.

Tagad ekrānā parādījās Mazā Dorita. Viņa bija eleganta, sieviškīga un balta kā sniegs. Vienradzis aizlidoja pie Lijas, piezemējās un nolaida galvu, lai mazā meitene varētu viņu paglaudīt. Lia uzlēca, un Mazā Dorrite lidoja blakus E-Z. Viņi pakārās, tad pagrieza galvas.

Tas bija Alfrēda signāls. Karikatūras formā viņa spilgti oranžais knābis šķita spīdošs gaismā. Tas bija tiešā kontrastā ar viņa konfekšu ābolu sarkano tauriņu. Ejot Lijas un E-Z virzienā, viņa tīklotās kājas čaukstēja, it kā tās būtu kā piesūcekņi.

"Manas kājas neizdod šādu skaņu!" Alfrēds teica.

"E, tās arī," smaidot sacīja E-Z, kad Alfrēds uz ekrāna izpleta spārnus un aizlidoja līdzi saviem diviem biedriem.

Trīs pozēja. E-Z atradās pa vidu, Lia - pa kreisi, Alfrēds - pa labi. Tad tas notika. *Trīs* - nu, Lia un E-Z pacēla īkšķus uz augšu. Alfrēds no savas puses ar spārnu žestu pacēla uz augšu.

"Tas ir neērti," E-Z čukstēja Alfredam.

"Ne jokos!"

"Šššš," teica Lia, kad uz ekrāna parādījās balss aizkadrs. Tā bija Ardena balss, bet viņa tonis bija zemāks. Viņš skanēja kā spēļu šova vadītājs.

"Ja jums ir vajadzīgs supervaronis… E-Z, Lia un Alfrēds - pazīstami arī kā *Trīs* - ir jūsu rīcībā divdesmit četras stundas diennaktī septiņas dienas nedēļā. Zvaniet pa tālruni ***-***-**** vai sūtiet ziņu, izmantojot sociālos medijus.

Kad jums ir vajadzīga palīdzība… zvaniet *Trijotnei*. Viņi jums palīdzēs… nekavējoties. Jūs varat uz viņiem paļauties… jo viņi ir labākie, kādus vien esat redzējuši. Divdesmit četras stundas diennaktī, septiņas dienas nedēļā… apmierinātība garantēta."

"Un tagad lielais finišs," teica Ardens.

Trīs salieca rokas pāri krūtīm. Alfrēds salocīja spārnus.

"Tas nav iespējams," teica Alfrēds.

"Šššš," teica Lia.

Katrs ar uz priekšu izvirzītiem zoda ilkņiem viens pēc otra *Trīs* ieņēma pozu.

PJ nospieda pauzi.

"Ņemot vērā to, ko jūs teicāt par jurisdikcijām, mums, iespējams, vajadzētu mainīt šo gabaliņu," viņš teica. Viņš nospieda starta taustiņu.

"Neviens darbs mums nav ne par lielu, ne par mazu!" E-Z balss datorizētā versijā atskanēja.

Tad ekrāna centrā aplis sāka riņķot un riņķot, kā wi-fi, kas mēģina atrast signālu. Tagad ekrānā parādījās vārds BAM! Tad vārds SOCKO!

Viņi vēroja, kā E-Z glābj kaķi, kas bija iesprūdis augstu kokā.

"Ak, brāli," viņš teica.

Viņa animācijas tēla balss turpināja skanēt.

"Mēs esam Trīs

Mēs esam šeit, lai tevi sagaidītu!

Kaķis iesprūdis kokā...

Mēs viņu nolaidīsim!"

Tika parādīts, kā E-Z nodod izglābto kaķi kādai ģimenei.

"Tas nekad nav noticis," viņš teica.

"Mēs, eh, paņēmām nelielu poētisku licenci," atzina Ardens.

"Mēs varam labot visu, kas jums nepatīk," teica PJ.

Tagad ekrānā atkal parādījās aplis, kas riņķoja un riņķoja. Kad tas apstājās, ekrānā parādījās vārds BANG! Pēc tam sekoja vārds ZIP!

Ekrānā animētais E-Z glāba pasažieru pilnu lidmašīnu. Kad viņš nolaida lidmašīnu, simtiem uz skrejceļa gaidošo vērotāju aplaudēja.

"Tagad tas ir vairāk kā tas," viņš teica.

"Pšu," teica Lia.

Uz ekrāna E-Z teica,

"Jo mēs esam tavi draugi!

Mūsu pakalpojumi ir bezmaksas.

24/7

Jo mēs esam *Trīs*!"

Atkal aplis, riņķojot un riņķojot. Seko BINGO! Un BAM!

Tagad amerikāņu kalniņu glābšana tika atveidota animācijā. Tas bija ļoti labi. Tik precīzi, ka varēja sajust konfekšu vates un karameļu kukurūzas smaržu.

"Ak!" E-Z teica.

Lia aplaudēja.

Alfrēds kratīja kaklu no vienas puses uz otru, it kā nesen būtu apsmidzināts ar ļoti aukstu ūdeni.

"Man patīk!" Lia teica. "Un paldies par to, ka iekļāva manu mīļāko krāsu. Kā jūs to uzzinājāt?"

"Es pamanīju, ka tu to bieži valkā," teica PJ. Viņa vaigi apsarkanēja. "Es priecājos, ka tev patīk."

"Ko tu domā, E-Z?" Ardens jautāja.

Alfrēds paskatījās E-Z virzienā.

"Tas bija..." E-Z sacīja: "Labs darbs."

"Vakariņas ir gatavas, nāc un ņem tās!" Sems sauca.

"Ļaujiet dzimšanas dienas puisim iet pirmajam," teica Samanta.

E-Z kopā ar Alfrēdu devās pāri pagalmam.

"Runājam par ideālu laiku," viņš teica.

"Jā, tie divi joprojām ir plunkšķi," atbildēja Alfrēds.

"Bet viņu sirdis ir īstajā vietā. Tā ir gudra ideja, tikai mazliet pārspīlēta mums."

"Nedaudz?" Alfrēds nopriecājās.

"Labi, daudz, bet viņi to pamēģināja. Mēs varam paturēt to, kas mums patīk, un atbrīvoties no pārējā."

Kad visi bija paēduši, viņi apsēdās pie piknika galda un ēda. Debesis mainījās, un spožas zvaigznes piepildīja debesis visapkārt. Viņi apēda visu, tad Samanta iznesa cepto dzimšanas dienas kūku, un visi dziedāja "Laimīgu dzimšanas dienu!".

"Runā! Runa!" Ardens uzmundrināja, un drīz visi pievienojās.

E-Z dažas sekundes domāja.

"Paldies, ka padarījāt manu piecpadsmito dzimšanas dienu īpašu. Es gribētu uz brīdi atcerēties savu mammu un tēti un dalīties ar jums atmiņās par dzimšanas dienu. Ja tas nav pretrunā? Es apsolu, ka nesapņošu."

Ikviens piekodināja.

Samanta, kas kopš grūtniecības vienmēr bija sopraiga. Neatkarīgi no tā, vai tās bija laimīgas vai sēdošas asaras, noslaucīja vienu, vēl pirms viņš bija sācis. "Man viss kārtībā," viņa teica, kad Sems apskāva viņu ar roku.

"Tas bija manā piektajā dzimšanas dienā. Es negribēju ballīti, un tā vietā palūdzu iet uz kino. Tā vietā, lai meklētu avīzē, kas tiek rādīts, mēs nolēmām vienkārši ierasties un uz vietas izlemt, ko skatīties. Viņi teica, ka es varu izvēlēties, jo es biju dzimšanas dienas puisītis."

Viņš uz mirkli aizvēra acis.

Viņš bija turpat teātrī. Tur bija mamma, tērpusies parkā. Viņai bija uzliktas austiņas, un viņa berzēja rokas tā, kā vienmēr to darīja. Mamma vienmēr nēsāja cimdus un sūdzējās, ka viņai ir auksti pirksti.

Tētis bija uzvilcis savu līdz ceļgaliem garo zilo mēteli virs džinsiem. Viņam nepatika pilsētā nēsāt cepuri, jo tā sabojātu viņam matus. Viņa rokas bija bez dūraiņiem. Tās bija iespraustas mēteļa kabatā kopā ar atslēgām.

E-Z iešņauca gaisu. Viņš varēja sajust sviestainā popkorna smaržu teātra iekšpusē, gaidot, kad viņi ieies iekšā un pasūtīs to.

Viņi skatījās uz plakātiem.

"Kas par šo?" teica mamma.

"Nē, E-Z dod priekšroku tam?" teica tētis.

Viņš atkal atvēra acis.

Tā vietā, lai atrastos pagalmā kopā ar ģimeni un draugiem, viņš atkal atradās bunkurā - atkal. Viņš nebija tur atgriezies kopš brīža, kad arhaņģeļi neievēroja vienošanos.

"Laimīgu dzimšanas dienu!" sienā atskanēja balss.

Sienā blakus viņam atvērās panelis, un no tā izlēca kēksiņš. Virs tā bija uzraksts: "Laimīgu dzimšanas dienu, E-Z." Centrā jau bija iedegta viena svece.

"Izbaudiet!" balss teica, nometot nazi un dakšiņu uz galda blakus viņam.

"E, paldies," viņš teica. "Kāpēc es esmu šeit?"

"Gaidīšanas laiks ir četras minūtes," teica kaitinošā balss. "Lūdzu, palieciet sēdēt."

It kā viņam būtu kāda izvēle.

NODAĻA 1
PĀRTRAUKTA DZIMŠANAS DIENA

E-Z nepieskārās kēksiņam, kas atradās viņa priekšā, lai gan tas izskatījās un smaržoja labi. Viņš brīnījās, kas notiek viņa ballītē. Vismaz viņš zināja, ka viņi nevarēs sagriezt kūku, kamēr viņš nesapūš svecītes un neizsaka vēlēšanos. Kāda dzimšanas dienas ballīte mājās, kad viņa tur pat nebija!

"Aizvediet mani no šejienes!" viņš kliedza. "Es palaidīšu garām savu piecpadsmitās dzimšanas dienas ballīti, un es biju pa vidu stāsta stāstīšanai."

Silosa jumts sašķobījās, un Ēriels kā zibens vētras laikā pacēlās viņam pretī.

"Prieks tevi atkal redzēt, bijušais protežē," viņš teica.

"Sajūta nav abpusēja. Kāpēc es esmu šeit? Es domāju, ka esmu ar jums visiem beidzis, un šodien ir mana dzimšanas diena - man ir jāatgriežas."

"Jā, es atvainojos par laika izvēli - bet mēs nevarējām ļaut jūsu dzimšanas dienai paiet garām, vismaz nenovēlot jums labu svētku."

"Uh, paldies, es domāju."

"Un, tā kā tu esi šeit, kāpēc gan nepiedalīties savā dzimšanas dienas kēksiņā? Un neaizmirsti izteikt vēlējumu - tev būs vajadzīga visa iespējamā palīdzība!" arhaņģelis nopriecājās.

Bez E-Z atvērās logs, un no tā iznāca mehāniska roka ar aizdegtu sērkociņu. Tā aizdedzināja daktu, pēc tam tik ātri atkāpās atpakaļ sienā, ka sērkociņš pats atdzisa. e-Z paskatījās uz mirgojošo sveci. Viņš brīnījās, ko nozīmēja pēdējais komentārs, bet saprata, ka Ēriels viņu uzjautrina. Viņa smadzenēs palika tukšs prāts. Viņš nespēja iedomāties nevienu lietu, ko vēlēties. Izņemot to, ka viņš bija atgriezies mājās kopā ar draugiem un ģimeni, svinot savu dzimšanas dienu. Kad viņš aizpūta sveci, Ēriels sāka dziedāt dziesmu. Tā bija dziesmas "Jo viņš ir jautrs un labs puisis, ko neviens nevar noliegt." Tā bija brīnišķīga dziesma, ko neviens nevar noliegt.

"Bez aizvainojuma," sacīja E.Z., "bet tev taču pienākas dziedāt Laimīgu dzimšanas dienu – Happy Birthday."

"Svarīga ir doma," sacīja Ēriels. "Tagad, kad esam noslēguši jūsu vizītes dzimšanas dienas posmu, mēs gribētu zināt, vai jūs jau esat atrisinājuši mīklu?"

"Mīklu? Kādu mīklu?"

"Jā, mēs ierosinājām tev mēģināt rast sakarības - tavos iepriekšējos izmēģinājumos. Atceraties, kad mēs teicām, ka negribam jūs barot ar karotīti? Vai tev ir veicies?"

"Ak, tas man nešķita prioritāte vai mīkla, ko man vajadzētu atrisināt, īpaši kopš jūs atteicāties no sava piedāvājuma. Bet jā, es rakstīju savā piezīmju grāmatiņā, pierakstot lietas, ko līdz šim esam paveikuši, un es pamanīju pāris saiknes ar spēlēm, bet tās bija tīri nejaušas."

"Gadījuma sakritības! Noteikti ne. Notikumi ir saistīti - to var redzēt jebkurš!" Ēriels sacīja, saglabājot klusu balsi, lai nezaudētu savaldību.

"Atvainojiet, bet sakritības notiek visu laiku. Vai jūs zināt, cik daudz bērnu spēlē datorspēles? Es meklēju internetā. Kopš 2011. gada tur rakstīts, ka deviņdesmit viens procents bērnu vecumā no diviem līdz septiņpadsmit gadiem spēlē katru dienu. Tas ir apmēram sešdesmit četri miljoni bērnu visā pasaulē."

"A, tātad tu esi nonācis pie nulles. Tas ir labi. Ko vēl par to esi noskaidrojis? Vai kādas bažas, kas jums varētu rasties? Vai ir kādi iemesli, kāpēc jums vajadzētu veikt vairāk pētījumu - pētījumi ir labi. Iniciatīva ir ļoti, ļoti, ļoti laba."

"Nē. Es esmu diezgan aizņemts, ar citām lietām - skolu un tamlīdzīgi. Turklāt, ja jūs vēlaties, lai es turpinātu to pētīt - vispirms jums būs mani jāpārliecina, ka tā ir kas vairāk par nejaušību. Es pārbaudīju vēl dažus statistikas datus. Piemēram, sieviešu, kas spēlē spēles, ir vairāk nekā jebkad agrāk. Daudzas ir izveidojušas uzņēmumus YouTube un pelna iztiku. Protams, ne bērni, bet, spriežot pēc internetā lasītās statistikas, no 2019. gada četrdesmit seši procenti spēlētāju ir meitenes".

Ēriels pieskārās ar savu garo un kaulaino pirkstu pie zoda, it kā pārdomātu to, ko E-Z viņam bija teicis. "Ak, es atkal esmu pārsteigts. Jums šī statistika nešķiet satraucoša?"

"E, nē, neuzskatu." Viņš dziļi ievilka elpu, zaudēdams pacietību, ka nokavē savu dzimšanas dienu. "Vai ir svarīgi, ka mēs to darām šodien? Vai jūs nevarat mani atvest šurp citreiz? Nekas no tā, par ko mēs runājam, neizklausās kritiski."

Ēriels pārtrauca klauvēt, un viņa labā uzacs pacēlās augšup. Viņš ieskatījās dzimšanas dienas puisēnam.

"Vai arī ne?" E-Z jautāja.

Ēriels pagaidīja, pirms atbildēja. Viņš ar mēli apvīlēja vārdus, it kā viņam būtu grūtības tos izvilkt. Viņš pacēla balss augstumu līdz soprānam un sacīja: "An-y-thin-g el-se a-bou-t tho-se t-wo in-ci-de-nts? An-y-thin-g to ca-use a-l-a-rm? S-at-ie-stādīt p-pāri tev?"

E-Z vēlējās, lai Ēriels to pasaka un pāriet pie lietas. Viņš negribēja apgrūtināt sevi, apgalvojot acīmredzamo vai kļūdoties.

"Rafaelam bija taisnība, tu esi diezgan biezs."

"Ei!" E-Z kliedza. "Ja tev ir vajadzīga mana palīdzība, tad tu to grasies saņemt ļoti dīvainā veidā." Viņš ar pirkstu pārlaida glazūru pāri kēksiņa virspusē un iesūca pirkstu. Tā garšoja labi, kā cukurvate. "Nogalināšana. Viens mēģināja mani nogalināt, bet otrs nogalināja cilvēkus veikalā. Abi teica, ka viņu motīvi bija saistīti ar spēli."

"Bulta acs," sacīja Ēriels.

"Un?"

"Nekas!" Ēriels pazuda pa griestiem, dziedādams: "Biezs kā ķieģelis, biezs kā ķieģelis, biezs kā ķieģelis, biezs kā ķieģelis."

E-Z pacēla dūri gaisā. "Tu atgriezies šeit un saki man to sejā!"

Ēriēla smiekli atskanēja, atsitoties no sienām.

PFFT.

"Uh, paldies," sacīja E-Z, pēc tam viņš nonāca atpakaļ mājās, savā ballītē. Visi bija aizņemti, spēlēja spēles, nodarbojās ar savām lietām - it kā viņa tur nemaz nebūtu bijis -, kā arī nebija.

Viņš vēroja, kā Sems ieņēma savu kārtu pie trepju bumbas. Viņam tas īpaši labi neveicās, bet E-Z tomēr piegāja klāt un noskatījās viņa otro mēģinājumu. Pēc tam, kad viņš bija pabeidzis metienu, pilnīgi garām mērķim, viņš devās pie sava brāļadēla.

"Redzam, ka tu joprojām strādā, lai apgūtu šo spēli," sacīja E-Z.

"Jā, tas ir iegūts talants. Starp citu, kur tu gāji?"

"Eriels vēlējās mani apsveikt dzimšanas dienā, cita starpā."

"Tas bija jauki no viņa puses. Vai ne?"

"Tu taču pazīsti Ēriēlu. Viņš nekad neko nedara bez motīva. Šajā gadījumā viņš gribēja, lai es, pamatojoties uz kādu atmiņu, izveidošu saikni."

"Atmiņas par ko? Tavus vecākus? Nelaimes gadījumu?":

"Nē, viņš gribēja, lai es sasaistītu divus tiesas procesa iniciatorus. Starp citu, es to izdarīju. Tad viņš aizgāja, sakot, ka esmu biezs kā ķieģelis."

"Cik rupji!" Lia iesaucās. Viņa bija klausījusies, jo bumbiņas mešanas spēle viņu bija muļķīgi garlaikojusi.

"Un vēl tavā dzimšanas dienā," teica Alfrēds. Viņš bija vēl bezcerīgāks nekā Sems, jo viņam bumbiņas bija jāmet, izmantojot savu knābi.

"Gribi pamēģināt?" PJ jautāja, pasniedzot bumbiņu E-Z, kurš pārkārtoja krēslu mērķa priekšā un tad meta bumbiņu. Tā trāpīja pa augšējo pakāpienu, pāris reizes pagriezās un piezemējās premium pozīcijā.

"Lūk, kā jūs to darāt!" Sems teica.

"Mēs ar PJ visu spēles laiku metām šādus metienus," teica Ardens.

"Ak, bet tu taču neesi mans brāļadēls," atbildēja Sems.

Ballīte turpinājās, līdz kļuva pārāk tumšs, lai spēlētu vēl kādas spēles, un visi nolēma nedziedāt. PJ un Ardens devās mājup, kamēr E-Z un pārējā banda devās gulēt.

NODAĻA 2
TROUBLE

Divasdienas pēc E-Z dzimšanas dienas svinībām PJ un Ardens nonāca nelielā nepatikšanās.

Tā bija Lia, kurai bija vīzija, ka kaut kas nav kārtībā. Viņa atcerējās vīziju Alfrēdam un E-Z: "Bija tā, it kā viņi būtu nonākuši transā. Viņi abi sēdēja pie saviem rakstāmgaldiem un skatījās uz tukšiem datora ekrāniem." Viņi abi sēdēja pie saviem rakstāmgaldiem un skatījās uz tukšiem datora ekrāniem.

"Tajā nav nekā neparasta," teica E-Z. "Viņi bieži spēlē spēles kopā, un varbūt viņi bija aizmiguši."

"Ar atvērtām acīm?"

"Labi, ejam turp," sacīja E-Z.

"Tas ir nakts vidū!" Alfrēds iesaucās.

"Tomēr mums labāk to pārbaudīt."

Trīs izskrēja no mājas, nolemjot vispirms doties pie PJ, jo viņa māja bija vistuvāk.

"Es nedomāju, ka viņa vecāki novērtēs tik vēlu apmeklējumu," teica Alfrēds.

"Viņi sapratīs," sacīja Lia, zvanot pie durvīm.

Pēc brīža durvis atvēra ļoti miegains vīrietis, kas berzēja acis un bija tērpies pidžamā - PJ tēvs.

"Kas ir?" no iekšpuses piezvanīja māte.

"Tie ir PJ draugi," teica tēvs. "Vai kaut kas nav kārtībā?"

"Uh," E-Z sacīja: "Atvainojiet, ka jūs traucējam, bet mums tiešām vajag redzēt PJ. Tas ir steidzami."

"Tad jums labāk ieiet," teica PJ tēvs.

NODAĻA 3
IEPRIEKŠĒJAIS...

Vakarasākumā PJ un Ardens strādāja pie supervaroņu tīmekļa vietnes. Viņi bija atjauninājuši informāciju un pievienojuši dažus jaunus elementus.

Agrāk, kad tika saņemts palīdzības pieprasījums, uz iesūtni tika nosūtīts e-pasts. Nākamajā reizē, kad kāds pieslēdzās, viņi to redzēja un attiecīgi atbildēja. Ar jauno sistēmu E-Z, Arden un PJ uzreiz saņemtu īsziņas.

Papildus tam persona, kas lūgumu lūdza, saņemtu automātisko atbildi ar laika zīmogu. PJ un Ardens bija pārliecināti, ka šis automatizētais uzlabojums palielinās uzticēšanos un palielinās vietnes apmeklētāju skaitu.

PJ un Ardens izveidoja arī YouTube kanālu ar podkāstu. Tas bija kaut kas jauns, ko viņi bija izdomājuši smadzeņu vētras laikā. Viņi bija sajūsmā par to pastāstīt E-Z. Tas būtu lielisks veids, kā palielināt *The Three* klātbūtni tiešsaistē. Viņi arī izveidoja kopienas dēli atklātām diskusijām.

Sistēma arī kategorizēja ienākošos ziņojumus. Piemēram, ka kaķa glābšana no koka. Trīs bija saņēmuši vairākus pieprasījumus par šo pakalpojumu. Tā kā vietējās amatpersonas bija labāk sagatavotas, lai atbildētu uz šiem zvaniem, PJ un Ardens to padarīja par zilo kodu.

Zilais kods nozīmēja, ka līdz brīdim, kad E-Z ieradās, lai glābtu kaķi, tas jau bija izglābts. Zilais kods norādīja, ka viņam būtu jāgaida, lai pārliecinātos, vai situācija ir atrisināta, pirms doties ceļā.

Dzeltenais kods varēja nozīmēt, ka kāds aizmirsis savas atslēgas vai atslēgas aizslēdza automašīnā. Arī šajā gadījumā, kad E-Z tur ieradās, situācija jau bija atrisināta. Atkal tika ieteikts nogaidīt un pārbaudīt, pirms doties ceļā.

Sadalot zilos un dzeltenos kodus, E-Z un viņa komanda varēja koncentrēties uz svarīgākiem izsaukumiem, t. i., sarkanajiem kodiem.

Sarkanais kods bija tad, kad dzīvības vai locekļi bija apdraudēti. Kopš tīmekļa vietnes izveides Trīs bija saņēmuši nulli pieprasījumu šajā kategorijā.

Apmierināti ar to, cik daudz viņi ir paveikuši, viņi nolēma nedaudz izlaist tvaiku. Viņi pievienojās vairāku spēlētāju spēlei.

"Trīs meitenes," PJ uzrakstīja Ardenam.

"Mēs varam tās paņemt!" viņš atbildēja.

Spēle sākās, un sākumā viss ritēja kā vienmēr. Viņi mētājās ar meitenēm, kāpjot līmeni pēc līmeņa, nogalinot visu, kas parādījās redzeslokā. Tad pēkšņi viss apstājās.

NODAĻA 4

P.J. MĀJA

E-Z. Lia un Alfrēds kopā ar PJ vecākiem devās pa koridoru uz viņa istabu. Tas, ko viņi ieraudzīja, lielākoties bija tāds, kā Lia bija iedomājusies. Atšķirība bija tāda, ka datora ekrāns joprojām bija ieslēgts. Tas mirgoja un mirgoja, kamēr PJ šķita, ka viņš mierīgi guļ.

"Kas ar viņu ir?" jautāja PJ māte. "Viņam vajadzētu gulēt gultā un gulēt. Paskaties uz viņa stāju. Viņš, iespējams, ir dehidrēts. Es atnesīšu viņam glāzi ūdens."

PJ tēvs pārgāja pāri istabai un paraustīja dēlam plecus. Viņš gaidīja, ka dēls pamodīsies, taču tas nenotika. Tā vietā viņš noslīdēja krēslā un būtu nokritis uz grīdas, ja tēvs viņu nebūtu noķēris. Viņš nesa dēlu un noguldīja viņu uz gultas.

PJ māte atgriezās, novietoja ūdeni uz sānu galdiņa, tad pielika lūpas pie dēla pieres. "Drudža nav," viņa teica.

PJ tēvs pacēla dēla labo plakstiņu un ieraudzīja, ka redzami tikai acu baltumi. "Zvaniet 911," viņš iesaucās.

"Nē, es domāju, ka mums vajadzētu zvanīt mūsu ģimenes ārstam, doktoram Flannel," sacīja PJ māte. "Viņš jau iepriekš ir šeit ieradies uz mājas vizīti. Kad tas ir bijis ārkārtas gadījums - un šis noteikti ir ārkārtas gadījums."

"Handles kundze," sacīja E-Z, "ar viņu viss būs kārtībā."

"Protams, viņš būs," viņa atbildēja, kad Handles kungs izgāja no istabas, lai izsauktu doktoru Flanelu." "Protams, viņš būs," viņa atbildēja.

Kad viņš atgriezās, viņi visi kopā klusībā gaidīja, vērojot, kā PJ guļ. Viņi gaidīja, ka viņš uzlēks un sāks muļļāties. Tas būtu gluži tāpat kā viņš, ja viņš uzspēlētu. Apmuļķot viņus.

Handles kungs bija nemierīgs, sēžot lecināja ar kāju uz augšu un uz leju. Viņš piecēlās, pārcēlās pāri istabai un noliecās, lai paskatītos uz cieto disku. Viņš pacēla kāju, it kā grasīdamies to izkāpt, bet pēdējā brīdī pārdomāja un izvilka vadu no kontaktligzdas.

Viņi skatījās, kā Handles kungs sāka trīcēt pa visu ķermeni, līdz viņš nometa kontaktdakšu. Viņš pagriezās un devās pretī viņiem. Aiz viņa no cietā diska izplūda dūmi. Dažas sekundes vēlāk monitora ekrāns saplaisāja.

"Ķeriet ugunsdzēšamo aparātu!" Alfrēds sauca, bet E-Z jau bija paķēris glāzi ar ūdeni un iemetis to uz kastes. Tas sūkstījās un pievienojās ekrānam, abi bija pilnīgi miruši.

PJ māte pieskrēja pie vīra un palīdzēja viņam apsēsties. "Arī ārsts varēs tevi apskatīt, kad ieradīsies," viņa teica. "Tev tik ļoti paveicās. Es nevaru izturēt, ka jūs abi esat ievainoti."

"Man viss ir kārtībā," sacīja Handles kungs.

Taču Trijotnei viņš neizskatījās labi. Viņš bija bāls, mazliet zaļgans un mazliet pelēcīgs.

"Neuztraucieties," sacīja Roktura kungs. "Paldies par ātro domāšanu, E-Z." Tad sievai: "Labi, ka tu atnesa ūdeni."

"PJ būs ļoti dusmīgs, kad viņš redzēs, ka viņa dators ir sabojāts."

"Tagad, tagad, tagad," teica Handla kungs. "Viņš sapratīs."

Viņš acīmredzami pildījās labāk, jo Trīs pamanīja, ka viņa elpošana ir normalizējusies, tāpat kā bālums.

Tā kā viss šķita kārtībā, E-Z pieminēja Ārdenu. "Kamēr jūs gaidāt ārstu, mums patiešām ir jāpārbauda Ardens. Mēs domājam, ka viņš varētu būt līdzīgā stāvoklī."

"Viņi bieži spēlē spēles kopā, bet kas, pie visa svēta, varētu būt izraisījis šādu situāciju?" Handle kungs jautāja.

"Es nezinu, bet vai jūs neiebilstat, ja es aiziešu un pārbaudīšu Ardenu?"

"Jūs ejiet," Handles kundze teica.

"Lia paliks šeit ar jums," sacīja E-Z. "Viņa var sekot mums līdzi, un, ja būsim jums vajadzīgi, mēs tūlīt atgriezīsimies."

"Paldies, E-Z, un Alfrēds," teica Handla kungs, pavadot viņus līdz ieejas durvīm.

NODAĻA 5
ARDEN'S MĀJA

E-Z un Alfrēds devās pie Ardena. Vēl pirms viņi paspēja pieklauvēt, durvis atvēra Ardena tēvs Lestera kungs.

"Kā jūs uzzinājāt?" viņš jautāja.

E-Z nevarēja viņam pateikt patiesību. Tā vietā viņš improvizēja melus. "Es visu mūžu esmu bijis Ardena labākais draugs, tāpēc es it kā zinu, kad kaut kas nav kārtībā. Vai es varu viņu redzēt?"

"Protams, ej viņa istabā," teica Ardena māte Lestera kundze. "Neuztraucieties. Viņš tikai guļ. No rīta ar viņu viss būs kārtībā."

Lestera kungs paņēma sievu par roku un aizveda viņu pa gaiteni uz priekštelpu, kur Ardens mierīgi gulēja.

"Ak," Alfrēds iesaucās, viņu ieraugot. "Viņš izskatās, ka ir šokā."

"Paskaties viņam zem plakstiņiem," teica Lestera kungs.

E-Z atvilka drauga plakstiņu atpakaļ. PJ acu zīlīte bija redzama, taču tā bija lielāka un izskatījās tā, it kā jebkurā brīdī varētu izsprāgt no acs kaktiņa. Viņš atkal aizvēra plakstiņu virs tā.

Alfrēds ieskrēja. To dzirdēja Lesteri. Tas, ko viņš teica, bija: "Kas, pie velna, to varētu izraisīt? Bailes? Vai kaut ko nopietnāku, piemēram, lēkmi?"

E-Z paraustīja plecus, neatbildot. Lesteri jau tā bija pietiekami nobijušies un sasprindzināti, turklāt viss, ko viņi būtu darījuši, būtu tikai minējuši.

"Kur tieši jūs viņu atradāt?" E-Z jautāja.

"Viņš sēdēja pie sava datora," teica Lestera kundze.

"Vai ekrāns bija ieslēgts?" viņš jautāja.

"Jā, bija," teica Lestera kungs. "Mēs esam piezvanījuši mūsu ģimenes ārstam. Viņš šobrīd ir aizņemts, viņam ir cits izsaukums, bet viņš ar mums sazināsies." Viņš teica, ka ir aizņemts.

"Viņi jau izsauca ārstu pie PJ, dakteri Flanelu. Ļaujiet man piezvanīt Lijai un noskaidrot, vai viņš jau ir noteicis diagnozi."

"Tās ir gandrīz tādas pašas," viņš teica.

"Ko jūs domājat ar "gandrīz"?"

Viņš izskrēja no istabas. Nevajadzēja satraukt Lesterus vēl vairāk, nekā viņi jau bija satraukušies. Viņš čukstēja telefonā: "Viņa skolēni joprojām ir redzami, bet tie ir milzīgi. Kā čūlas, kas tūlīt plīsīs!"

"Ak, riebīgi!" Lia teica. "Varbūt viņam vajadzētu doties uz slimnīcu?" "Viņi ir piezvanījuši savam ģimenes ārstam, bet viņš nav sasniedzams. Tāpēc dodiet man zināt, tiklīdz dakteris Flanels sniegs savu atzinumu, un es to nodošu tālāk. Varbūt jūs gribētu viņam pastāstīt par Ardena aci un noskaidrot, vai viņš ieteiks nekavējoties hospitalizēt." "Vai viņš ieteiks nekavējoties hospitalizēt Ardenu?

"Noteikti. Es sazināsimies."

Viņš visu paskaidroja Lesteriem. Viņi ar tukšām sejām raudzījās uz priekšu. Viņš bija noraizējies par to, kā viņi to visu uztver.

"Vai kāds vēlas tasi tējas?" Lestera kundze jautāja.

"Nē, paldies," sacīja E-Z. Lesteres kundze bija viena no tām mammām, kas uzskatīja, ka tēja var atrisināt lielāko daļu problēmu.

Lestera kungs sekoja sievai uz virtuvi.

"Vai jūs parasti nepiedalāties viņu spēlēs?" Alfrēds jautāja, kad viņi ar E-Z bija palikuši vieni ar Ardenu.

"Dažreiz," E-Z atbildēja, "bet pēdējā laikā, ja man ir brīvais laiks, es parasti to pavadu rakstot. Šajās dienās man nav daudz brīvā laika."

"Saprotams. Atvainojiet, ja es pārāk daudz uzkavējos apkārt."

"Nē, viss ir kārtībā. Man ir vairāk jāorganizējas. Skolas darbs kļūst sarežģītāks, zini, mēs esam ceļā uz karjeru un skolas beigšanu. Viņi grib, lai mēs zinātu, kurp ejam, bet mēs vēl pat nezinām, kur esam." "Kurp mēs ejam?" - "Ne," atbildēju.

"Es atceros tās dienas, bet tu to sapratīsi. Katrā ziņā esmu priecīga, ka tu nespēlēji ar viņiem - citādi tu varētu būt tādā pašā stāvoklī, kādā ir viņi." "Es esmu priecīga, ka tu neesi spēlējis ar viņiem.

"Taisnība. Nevaru iedomāties, kas viņus varētu tik ļoti nobiedēt... ja tas tā notika. Es gribu teikt, ka spēle ir spēle - nevis realitāte. Tās droši vien ir bijušas ļoti smagas sacensības."

Lesteri atgriezās dēla istabā.

"Kas notika?" Lestera kundze nopriecājās.

Ardena plakstiņi tagad bija atvērti, atklājot visu balto interjeru. Tāpat kā PJ, arī viņa zīlītes bija pazudušas.

E-Z radās deja vu sajūta, kad Lestera kungs pārgāja pāri istabai un noliecās, lai atvienotu to no elektrības.

"Apstājies!" E-Z kliedza. "Nepieskarieties tam!"

Lestera kungs sastinga uz vietas.

"Handle kungs gandrīz saņēma elektriskās strāvas triecienu, kad viņš tam pieskārās. Vislabāk to atstāt mierā."

"Ak, paldies Dievam, ka jūs bijāt šeit un brīdinājāt mani," teica Lestera kungs.

"Jā, paldies, E-Z. Es nevarētu tikt galā, ja mans dēls un mans vīrs abi būtu ievainoti. Es vienkārši nevarētu." Viņa šķērsoja istabu un apskāva vīru.

"Pēc tam viņa dators sabojājās, ekrāns saplaisāja, un no tā izplūda dūmi," paskaidroja E-Z. "Tātad PJ dators ir sasmacis, apcepts - grauzdiņš. Savukārt Ardena dators joprojām ir vesels. Ja mēs izdomāsim, kā tajā iekļūt - droši -, varbūt varēsim noskaidrot, kas ar viņiem noticis. Vispirms man jāzvana tēvocim Semam un jālūdz viņa palīdzība. Viņš ir zinošs informācijas tehnoloģiju speciālists, tāpēc zinās, ko darīt."

"Pagaidiet," teica Lestera kundze. "Vai jūs gribat teikt, ka gan PJ, gan Ardens ir viens un tas pats?"

Viņš pieskārās.

"Es vienmēr esmu teikusi, ka datori ir ļauni!" viņa teica. "Mans Ardens ir sportists. Viņam būtu jāsporto, nevis jāsēž pie datora un jātērē laiks velti." Viņa noplaka vīra krūtīs, un viņš viņu apskāva.

"Datori ir vajadzīgi skolā," Lestera kungs teica. "Mūsu dēls nav izdarījis neko sliktu, un es esmu pārliecināts, ka viņš jebkurā brīdī atgriezīsies pie sava vecā "es". Viņam vajag mazliet aizvērt acis. Nedaudz atpūsties, tas ir viss. Ar viņu viss būs kārtībā."

Alfrēds uzmundrināja.

E-Z saņēma ziņu savā telefonā. "Lia saka, ka dakteris Flanels lika viņiem atstāt PJ tur, kur viņš ir. Viņš teica, ka viņa acīm pašām vajadzētu atgriezties normālā stāvoklī. Viņš saka, ka PJ nešķiet, ka viņam būtu kādas sāpes. Viņa sirdsdarbība un pulss ir normāls. Viņam vajag atpūsties."

"Paldies," teica Lestera kungs.

"Paldies, ka ieradāties," teica Lestera kundze. "Mēs jums ziņosim, ja būs kādas izmaiņas."

E-Z un Alfrēds pēc ilgās vizītes aizgāja un satikās ar Lia, un viņi visi kopā devās mājās.

"Es nevaru nedomāt," E-Z sacīja, "vai šī lieta ar PJ un Ardenu ir domāta kā izmēģinājums. Ēriels man mājināja, ka man vajadzētu par kaut ko uztraukties. Ka man pat vajadzētu gribēt to turpināt. Ja tas tā ir, tad es nezinu, kā man to vajadzētu labot. Vai tev ir kādas idejas? Izņemot to, ka mums jāpanāk, lai tēvocis Sems palīdz mums iekļūt Ardena datorā, - es te esmu pilnīgā bezcerībā."

"Tas ir dīvaini, ja tas ir izmēģinājums," sacīja Alfrēds. "Jo tiesas ir pagātne, vai ne?"

"Tās ir, bet, ja PJ un Ardens ir ievainoti, tad man neatliek nekas cits, kā iesaistīties. Pat ja erceņģeļi neievēroja mūsu vienošanos."

"Viņi abi šķiet tādi, no tā. Ko viņi no tevis gaida? Tev taču nav nekādu dziedniecisku spēju vai kaut kā tamlīdzīga," Alfrēds sacīja.

"Bet tev ir!" Lia sacīja.

"Man ir, bet tad, kad tās ir izmantojamas. Es mēģināju sazināties ar viņu prātiem. Bet bija tā, it kā tie būtu tukši. Es nevarēju tos sasniegt. Lai tos izdziedinātu, būtu jābūt kaut kādai saiknei. Un man nebija ar ko savienoties.

"Es turpinu sev jautāt, vai man nevajadzētu aicināt palīgā Arielu. Viņa ir dabas eņģelis. Varbūt ir kaut kas, ko viņa var ieteikt, vai kaut kas, ko viņa var izdarīt, ko es nevaru." "Varbūt ir kaut kas, ko viņa var ieteikt vai ko viņa var izdarīt, ko es nevaru.

"Tā ir daudzsološa ideja," sacīja E-Z.

WHOOPEE

Ariela ieradās.

"Kas notiek?" viņa jautāja.

Alfrēds paskaidroja situāciju.

E-Z jautāja, vai šis ir process, ko arhaņģeļi mēģina paspīdēt pēc fakta.

"Jebkurā gadījumā tev ir jāpalīdz saviem draugiem," viņa teica. "Jūs taču vēlaties viņiem palīdzēt, vai ne?"

"Protams, es gribu, bet tas, kas man jādara, kāda rīcība man jāveic tiesas procesā, parasti ir daudz acīmredzamāk."

"Vai es nedzirdēju čukstus par to, ka tu nespēj uzņemties iniciatīvu?" Ariels jautāja.

"Vai jūs ierosināt," E-Z jautāja, saglabājot klusu balsi, lai nezaudētu savaldīšanos. "Ka erceņģeļi ir iedzinuši manus draugus komā, lai pārbaudītu manu iniciatīvu?"

Ariels pasmaidīja. "Nē, es neko tādu neierosinu. Bet, ja tas būtu izmēģinājums, tad ko tu darītu, lai viņiem palīdzētu?"

"Kad man priekšā tiek likts kāds pārbaudījums, manas smadzenes sāk darboties. Es zinu, ko darīt, lai to atrisinātu, un dodos uz priekšu un daru to. Šajā gadījumā man nav ne jausmas, ko darīt, lai to labotu. Viņiem draud medicīniskas briesmas. Es neesmu ārsts.”

Ariela sakrustoja rokas. “Ko jūs mēģinājāt, Alfrēdi?”

“Es mēģināju savienoties ar abu prātiem. Parasti, ja es varu dziedināt cilvēkus vai radības, ir izveidojusies saikne - tāda, ko nav pārtraucis ārējs spēks. Abos gadījumos bija tā, it kā durvis būtu aizcirtušās, un es nevarēju tās pārlauzt.”

“Tad jūs pats atbildējāt uz savu jautājumu,” teica Ariels. “Vai es varu jums vēl ar kaut ko palīdzēt?”

“Tu man īsti nepalīdzēji,” sacīja Lia.

Alfrēds atvainojās.

WHOOPEE

Un Ariela pazuda.

“Tev nevajadzētu ar viņu tā runāt,” teica Alfrēds. “Ja viņa būtu varējusi mums palīdzēt, viņa būtu palīdzējusi.”

“Atvainojos, bet tas ir nomācoši, kad viņi nezina neko vairāk, nekā mēs zinām. Viņi ir erceņģeļi! Viņiem vajadzētu zināt kaut ko tādu, ko mēs nezinām, citādi kāda jēga no viņiem?” Lia jautāja.

“Jūs domājat, ka Haniels vienmēr spēj atrisināt jebkuru problēmu?”

Lia paraustīja plecus. "Man nav bijis daudz tādu, ko apspriest."

E-Z sacīja: "Ēriels ir bezjēdzīgs. Ikreiz, kad esmu lūgusi viņam palīdzību, viņš to nav sniedzis. Jā, viņš deva padomu. Teica, lai es pati to izdomāju.

"Tāpat kā tad, kad viņš mani izsauca pēdējo reizi, viņš mājināja par kaut kādu sazvērestību vai sakariem, viņš to tā nosauca.

"Kad es nojautu, kas tas bija - spēlēšana, - ka ir kāda saikne, viņš joprojām bija nelietderīgs. Es gribētu, lai viņi to pateiktu. Tā vai citādi, tad es varētu koncentrēties uz to, lai izvilinātu no šīs situācijas abus savus draugus."

"Saprotat, ko es domāju?" Lia teica. "Visi erceņģeļi ir pilnīgi bezjēdzīgi."

"Haniels tev palīdzēja, kad tu savainoji acis," Alfrēds viņai atgādināja.

Lia pagrieza viņam muguru.

"Cerēsim, ka ārstam bija taisnība un viņi abi no rīta būs paši," sacīja E-Z. "Tas ir viss, ko mēs varam darīt."

Tagad, ierodoties mājās, viņi devās pagalmā. Viņi sasveicinājās ar Mazo Doritu, vēroja, kā saule uzlec, un sarunājās par savu nākamo soli.

E-Z pārrunāja dažas lietas, kas viņam bija uzmācīgas. Baltajā istabā viņi viņu bija mudinājuši savienot punktus. Pavisam nesen Eriels palīdzēja viņam sašaurināt to loku.

Viņš pārcilāja visu, ko meitene veikalā viņam bija stāstījusi. Kā viņa bija paņēmusi ķīlniekus kā spēlē. Kā viņa valkāja kostīmu, lai izskatītos kā spēles balvu medniece.

Pēc tam viņš pārrunāja sīkāku informāciju par zēnu, kas atradās pie viņa mājas. Bērns bija atklāti pateicis, ka balsis spēlē viņu sūtījušas nogalināt E-Z, un, ja viņš to nedarīs, viņa ģimene tiks nogalināta.

Tad viņš domāja par Ēriēla un pārējo erceņģeļu iesaistīšanos procesos. Tagad bija iesaistīts arī PJ un Ardens.

Vai erceņģeļi viņus iesaistītu, lai tiktu pie viņa? Vai tā bija viņa vaina - par to, ka viņš pārāk lēni risināja mīklu, ko viņi viņam bija devuši? Erceņģeļi teica, ka ar viņu ir beigušies. Viņi bija atcēluši izmēģinājumus, un viņš bija priecīgs, ka viņi ir beigušies. Kāpēc viņi bija atgriezušies un mēģināja ar viņu izveidot jaunu savienojumu? Tā nevarēja būt sakritība.

Viņš atvēra muti, lai pastāstītu Alfrēdam un Lijai, par ko viņš domā, - tā vietā viņš atkal piezemējās bunkurā.

Tikai šoreiz konteiners nebija metāla, bet gan stikla, un viņš bija bez sava krēsla.

NODAĻA 6

APGRIEZTS UZ OTRU PUSI UZ LEJU

E-Z bija iekārts stikla burbulī ar galvu uz leju, vērojot zaļo, zaļo zemes zāli. Viņš atradās augstu virs tās, un galva viņam sāpēja tik ļoti, ka viņš baidījās, ka tā pārsprāgs un izšļakstīsies pa visu konteineru. Taču, par laimi, kaut kas viņu turēja. Kas tas bija, viņš nezināja.

Atšķirībā no citām reizēm, kad viņš atradās bunkurā, viņš nebija piestiprināts (vai arī viņa krēsls nebija piestiprināts). Otra lieta, kas viņu satrauca, šādi karājoties ar galvu uz leju, bija tā, ka viņš neredzēs, kā Eriels nāk. Viņš arī nevarētu viņu sajust.

Brīdī, kad viņš iedomājās par Ērielu, konteiners pārvietojās. Viņš baidījās krist. Gribējās par kaut ko aizķerties, bet nebija par ko, izņemot gaisu. Viņš apskāva sevi ar rokām. Tad viņš sajuta kustību. Stikla kamera pagriezās par simt astoņdesmit grādiem pulksteņrādītāja rādītāja virzienā. Viņa galva uzreiz kļuva labāka, skaidrāka, un viņš pievērsās tam, lai tiktu ārā. Jo ātrāk, jo labāk.

Tomēr bija par vēlu, lieta pagriezās, tad pagriezās vēl par simt astoņdesmit grādiem. Viņš atgriezās turpat, no kurienes bija sācis.

"Howdy, Doody," Ēriels nopriecājās, piespiežot seju pie stikla. Tad viņš pieklauvēja un dziedāja: "Ielaid mani, ielaid mani."

"Izcel mani no šejienes!" E-Z kliedza.

"Nomierinieties," Ēriels nopriecājās. "Tu esi šeit no manas sirds labestības. Es gribēju tev personīgi pateikt: tavi draugi ir briesmās."

"Jūs domājat PJ un Ardenu?" Eriels pieskārās. "Nu, es to jau zinu! Tu esi liels muļķis!"

"Paliķi un akmeņi salauzīs man kaulus, bet vārdi mani nekad nespēj ievainot," Eriēla dziedāja.

"Ja tu mani no šejienes neizvedīsi - tieši tagad -, tad es tev izdarīšu vairāk, nekā spētu izdarīt ar nūjām un akmeņiem!"

Ēriels pieskārās ar savu kaulaino pirkstu pie zoda. Galu galā viņš joprojām atradās labajā pusē, kas bija priekšrocība salīdzinājumā ar perspektīvu, kurā atradās E-Z.

"Es gribēju, lai tu zinātu, ka, lai gan tavi draugi ir briesmās, tev nav jāuztraucas. Viņi nav supervaroņu briesmās." Viņš ieturēja pauzi. "Kāds putniņš man teica, ka tu domā, ka mēs cenšamies tev izspiest vēl vienu tiesas prāvu... Nu, tā nav. Atstājiet viņus likteņa varā."

"Ko tu domā, ka viņi nav supervaroņu briesmās?" E-Z kliedza.

Ēriels pazuda, un stikla trauks nokrita. Viņš pagrūdās, nostabilizējās. Tas atkal nokrita. Tas turpinājās un turpinājās, līdz viņš bija pārliecināts, ka drīz viņa galvaskauss kā ola izsprāgs uz bruģa.

Tad viņš ieraudzīja Alfrēdu zāliena malā, kas grauža zāli.

"Ei!" E-Z kliedza. "HEY!"

Alfrēds pārtrauca ēst un pieskrēja. Viņš ieraudzīja savu draugu, kas karājās ar galvu uz leju stikla burbulī.

"Ko tu tur dari?" jautāja gulbis trompetists.

"Eriel!" E-Z iesaucās.

"Pietiek. Es aiziešu pamodināt Semu. Es ceru, ka viņš zinās, ko darīt, lai tevi no turienes izvestu."

"Laba ideja, un palūdz, lai viņš atnes manu krēslu."

Kamēr viņš gaidīja, E-Z nolādēja sevi. Viņš bija palaidis garām iespēju pieprasīt no Ēriēla vairāk informācijas. Viņš rīkojās kā upuris. Viņš bija pievīlis savus divus labākos draugus.

Viņš izstrādāja plānu. Kad es izkļūšu no šejienes, es sameklēšu Ēriēlu un piespiedīšu viņu pastāstīt, kā glābt PJ un Ardenu. Es liksu viņam zvērēt, ka viņš mani nekad vairs nenostādīs šādā situācijā.

Pagaidiet. Ja PJ un Ardens nebūtu supervaroņu briesmās. Kādās briesmās viņi atradās? Vai viņus vispār vajadzēja glābt? Vai arī doktorei Flanelai bija taisnība, sakot, ka viņi to pārdzīvos un drīz atgriezīsies pie vecās būtības?

Viņam nepatika apgalvojums "atstāt viņus likteņa varā". Viņš uzskatīja, ka mēs paši veidojam savu likteni, un abi viņa draugi atradās komā. Viņi nevarēja paši sev palīdzēt, tāpēc viņš grasījās viņiem palīdzēt. Neatkarīgi no tā, ko teica Ēriels.

Visbeidzot tēvocis Sems iznāca ārā, rokā vicinot lielu instrumentu. "Tas ir stikla griezējs," viņš teica. "Es zināju, ka kādu dienu tas noderēs, kad nopirku to vienā no tām infomerkamerām televīzijā. Viņi teica, ka tas var griezt stiklu kā sviestu. Redzēsim, vai tā bija viltus reklāma." Viņš sagrieza ap apakšu. Lēnām. Uzmanīgi.

"Ei, pasteidzies, es te dusu! Ja uzspīdēs saule, es izcepšos."

"Pacietība, mīļais zēns," Alfrēds nopriecājās.

"Gandrīz tur," teica Sems. Viņš bija uz ceļgaliem un virzījās uz priekšu, kad griezējs pārgrieza konteinera dibenu. Tikmēr viņa pidžejas ceļgali sūcās no rasas zāliena. "Es pieņemu, ka Eriels ir kaut kā saistīts ar to, ka tu tur esi?"

"Apstiprinoši."

Sems pabeidza griezt un atlaida brāļadēlu, tad palīdzēja viņam iekāpt ratiņkrēslā.

"Paldies, tēvocis Sems."

"Nav par ko. Tagad paskaidro, lūdzu?"

"Es esmu pārāk noguris. Un es esmu pārāk aizkaitināts, lai paskaidrotu. Vai mēs to varam darīt no rīta?"

Saule, virzoties augšup pa horizontu, bija sarkanīgi asiņaina.

Pēc dažām stundām E-Z vajadzēja pārbaudīt savus draugus. Viņš cerēja, ka ar viņiem viss būs kārtībā. Atgriezties normālā stāvoklī. Tad viņam vairs nebūtu par to jādomā. Ja nē… ja viņi nebūs. Nu, jebkurā gadījumā viss būs labāk, kad viņš būs izgulējies.

"Es varu viņam visu paskaidrot," Alfrēds piedāvāja.

"Ko tu par to zini? Man nācās uz tevi kliegt, lai pievērstu tavu uzmanību."

"Ak, es to visu redzēju. Kā jūs domājat, ko es šeit darīju? Es gaidīju, kad jūs lūgsiet palīdzību. Nevēlējos pārtraukt tavu Ēriēla laiku."

"Pārtraukt. Ļoti smieklīgi. Labi, informē viņu. Es eju mazliet pagūt. Es esmu pārāk noguris, lai domātu." Viņš uzbrauca ar riteņiem pa rampu iekšā mājā un pilnībā apģērbies nogāzās gultā.

E-Z sapņoja, ka ir viņa septītā dzimšanas diena. Vecāki bija izīrējuši iekštelpu virtuālo spēļu parku. Viņš bija uzaicinājis kopā divpadsmit bērnus, tātad viņu bija trīspadsmit, un vienai komandai bija vajadzīgs papildu spēlētājs. Tā kā tā bija viņa diena, viņi nosauca komandas, un pēdējais izvēlētais cilvēks nonāca savā komandā. Viņi nosauca sevi par "Ball Breakers". Otra komanda, kuru vadīja Kails Maršals, nosauca sevi par Bat Shitz.

"Jūs nevarat izmantot šo nosaukumu," E-Z komanda aizrādīja. "Tas praktiski ir zaimots vārds."

"Ah, padomājiet vēlreiz," teica Maršals. "Rakstība ir Shitz. Mēs esam nosaukti mana suņa vārdā. Viņa ir Shitz-hu."

"Spēlēsimies," sacīja E-Z.

PJ un Ardens bija E-Z komandā. Tornado trijotnes komanda sita Bat Shitz komandai pa pakaļkājām, līdz viņi visi bija pārāk noguruši, lai kustētos.

"Ēdiens ir pasniegts," sauca E-Z mamma. Vecāki gaidīja blakus esošajā restorānā. Viņi bija pasūtījuši virkni picu, spaiņus bezalkoholisko dzērienu un visbeidzot torti ar svecītēm.

Bērni kopā pameta spēļu zonu. Drīz vien Ardens saprata, ka ir aizmirsis savu beisbola cepurīti.

"Es to nevaru atstāt! Man jāiet atpakaļ!"

"Mēs iesim ar tevi," sacīja E-Z. "Dodiet man mirkli, lai pastāstītu mammai."

"Es viņai paziņošu," teica Kails, kurš atradās netālu.

E-Z, PJ un Ardens atkāpās. Kad viņi nevarēja atrast vāciņu, viņi turpināja iet tālāk.

"Tai jābūt kaut kur šeit!" Ardens teica.

"Es noteikti nedomāju, ka tā ir tik tālu," sacīja E-Z.

"Tie grifi apēdīs visu picu, pirms mēs atgriezīsimies," sacīja PJ.

"Neuztraucieties, Dikensa kundze mums ietaupīs kādu ēdienu. Viņa zina, ka mēs ilgi neuzturēsimies."

Koridors paplašinājās uz citu ēku, uz citu vietu. Viņu priekšā bija milzīga giljotīna. Augšā virs asmens bija Ardena cepure. Uz paša asmens bija uzraksts. No tās joprojām pilēja sarkana krāsa vai asinis. Uz tās bija uzraksts: "Galva iet šurp."

"Vai mēs sapņojam?" Ardens jautāja. "Jo man tiešām nav tik ļoti vajadzīga mana beisbola cepure."

"Klausies. Balsis," teica E-Z.

Šņuksti, ļoti klusi, bet čuksti. Vispirms tā bija vientuļa sieviete. Tad pievienojās vēl viena, duetam. Tad pievienojās vēl viena, veidojot trio. Šņuksti pārvērtās dziedājumā.

"Es nesaprotu nevienu vārdu," teica PJ.

"Ššš," teica E-Z, turot pirkstu pie lūpām.

Balsis dziedāja,

"B-links, un tu esi miris.

B-savienojies, un tu esi miris.

B-link and you're dead, B-link and you're dead," skanot dziesmai Happy Birthday to you.

"Tas ir briesmīgi!" PJ teica.

"Dosimies atpakaļ," teica Ardens, kad durvis, pa kurām viņi bija ienākuši, aiztrūka un gaitenī atskanēja soļi.

Soļi kļuva arvien skaļāki.

KLANK. CLANK. CLANK.

Ķēdes smaile. Tuvojas tuvāk. Kājas ar zābakiem. Viens karavīrs. Ļoti gara figūra ar kapuci. Nes kaut ko sudrabainu: nažu asinātāju.

Kad viņš nonāca pie giljotīnas pakājē, figūra ar kapuci izvilka no kabatas spalvu. Viņš pielika to pie asmeņa. Tā to pārgrieza kā sviestu. Tomēr viņš devās uz priekšu un asināja to tālāk. Kamēr asinādams asmeni, viņš aizdusmojās, it kā izbaudītu savu darbu.

"It kā giljotīnas asmens nebūtu pietiekami ass!" PJ čukstēja. "Izcel mani no šejienes!"

Ardens aizskrēja līdz durvīm un sāka tās dauzīt ar āmuru. "E-Z, tev mūs no šejienes jāved ārā! Tev ir mums jāpalīdz! Lūdzu, palīdzi mums!"

ZIŅU IELĀDĒŠANA.

Ekrānā parādījās PJ un Ardena sejas. Viņi teica divus vārdus:

"BRĪDINIET VIŅUS."

E-Z pamodās un dzirdēja, kā tēvocis Sems dauza ar dūrēm pa guļamistabas durvīm. "Celies, E-Z, mēs nevaram atrast Lia!"

Tagad, kad viņš bija pamodies, viņš saprata, ka viņa bija sazinājusies, mēģinot ar viņu sazināties. Lai atjauninātu viņam jaunāko informāciju. Viņš pārbaudīja savu telefonu. Ziņa ar jaunāko informāciju.

"Viss ir kārtībā," E-Z teica, "viņa ir ar PJ. Pastāsti Samantai, ka ar viņu viss ir kārtībā. Man drīz jādodas pie viņa un Ardena. Kur ir Alfrēds?"

"Viņš ir dārzā," teica Sema. "Vai pirms došanās gribi paēst brokastis?"

"Sviestmaize ar grilētu sieru noderētu. Paldies."

Kad E-Z ģērbās, viņš domāja par savu sapni. Puiši runāja ar viņu, pateicoties kopīgam notikumam, kas viņus vienoja, kad viņi bija septiņus gadus veci. Viņam bija jānoskaidro, par ko tas bija. Brīdināt viņus? Kuru tieši brīdināt? Tas bija nepārprotams pavediens, bet ko tieši viņi gribēja, lai viņš brīdina?

Jā, viņš bija pilnīgi pārliecināts, ka viņi mēģina viņam kaut ko pateikt, bet ko tieši? Viņam atkal radās slepenas aizdomas, ka tam visam ir kāds sakars ar Ēriēlu.

Vispirms viņš devās uz Ardena māju, un nabaga puisis, tāpat kā iepriekš, gulēja savā gultā kā zombijs. Kad E-Z un Alfrēds iegāja iekšā, pie viņa atradās ārsts.

"Kāda ir diagnoze?" E-Z jautāja.

"Vispirms izceliet šo putnu no šejienes!" ārsts iesaucās.

Alfrēds protestēdams nopriecājās un aizskrēja prom. Ārā viņš grauzdēja zāli un tīra spalvas.

Ārsts paskatījās uz Lestera kungu un kundzi: "Cik daudz jūs gribat, lai šis bērns zina?"

"Tas ir E-Z, viņš ir viens no Ardena labākajiem draugiem."

"Es zinu, kas viņš ir, esmu redzējis viņu televīzijā, kā viņš glābj cilvēkus."

E-Z nezināja, ko atbildēt, tāpēc neko neteica, taču viņam nepatika šī ārsta attieksme.

"Ardens ir komā."

"Jā, es tā domāju. Ak, tad kad viņš no tās iznāks? Doktors Flanels Handles mājā - tur PJ ir tādā pašā stāvoklī - teica, ka viņš drīzumā atgriezīsies normālā stāvoklī."

"To es nezinu. Viņa ķermenis viņu no kaut kā aizsargā, tāpēc viņš pamodīsies, kad būs pietiekami labs, lai to izdarītu. Tikmēr es ieteiktu, lai kāds būtu ar viņu divdesmit četras stundas diennaktī." Tad Lesteriem: "Varbūt būtu labāk, ja jūs abi strādātu, lai nolīgtu medmāsu. Es varu kādu ieteikt. Ja jūs varat strādāt no mājām, tas būtu vislabāk. Pēc pāris dienām es pie jums piebildīšu."

"Pēc pāris dienām," Lestera kungs atkārtoja.

Lestera kundze izveda ārstu no mājas.

E-Z sekoja viņai. "Ja es varu palīdzēt, veikt maiņu pie viņa, nevilcinieties lūgt. Es tagad eju pie PJ. Lia jau ir tur, un viņa atsūtīja īsziņu, ka viņš ir tāds pats."

"Turpini mūs informēt un nodod mūsu mīlestību PJ ģimenei."

"Darīšu," sacīja E-Z, kad viņi ar Alfrēdu atkal satikās. Abi pacēlās no zemes un aizlidoja uz PJ māju.

Lidojot viens otram blakus, Alfrēds sacīja: "Es nebiju sajūsmā par šo ārstu. Ja cilvēks ir nežēlīgs pret dzīvniekiem... es viņam neuzticos."

"Es tevi saprotu, bet viņš tikai darīja savu darbu."

"Mēs, gulbji, neesam izraisījuši nekādas sērgas vai... neskatoties uz to. Es aizmirsu par putnu gripu - bet tā notika cilvēku dēļ."

Viņi piezemējās pie PJ mājas, kur Lia viņus gaidīja ar atvērtām durvīm.

"Kā jums abiem klājas?" viņa jautāja.

"Labi," atbildēja Alfrēds.

"Ak, viņš ir mazliet sarūgtināts, jo Ardena ārsts viņu izdzina no istabas, bet es esmu labi, paldies. Un tu?"

"Es esmu labi, bet PJ vecāki ir zaudējuši prātu, un nekas neliecina par atveseļošanos".

"Vai viņi izsauca ārstu?" Alfrēds jautāja.

"Nē. Viņš deva viņiem cerību, bet neko vairāk, galvenokārt to, ka viņš no tā izlauzīsies. Bet es uztraucos, ka viņš kļūdās." Viņa ieturēja pauzi, nedaudz apsārtusi.

"Ak, vēl viena lieta, kad es turēju viņa roku." Viņa ieskatījās abos. "Viņš, nu, es neesmu pārliecināta, vai es to iedomājos, vai arī viņš to patiešām izdarīja - bet man likās, ka viņš to saspieda."

"Paldies, ka palikāt ar viņu. Mums vajadzētu mainīties ar viņa vecākiem, lai neviens pārāk nenogurtu. Tu tagad vari doties mājās un pavadīt kādu laiku ar mammu. Viņa droši vien par tevi brīnās." Viņš nekādā gadījumā negrasījās pieminēt, ka viņš viņu tur par rokām.

"Tad es aiziešu, kad tu to izdarīsi," sacīja Lia, kad viņi devās ceļā uz PJa istabu.

Alfrēds, Lia un E-Z tagad palika vieni ar PJ.

"Pagājušajā naktī man bija dīvains sapnis. PJ, Ardens un es bijām manā septītajā dzimšanas dienā, bet viss nenotika kā toreiz. Viņi mēģināja sazināties ar mani caur kādu mūsu kopīgu notikumu, bet es neesmu pārliecināta, ko viņi mēģināja man pateikt." "Ko viņi gribēja man pateikt?" - "Es.

"Pastāsti mums sapni," Alfrēds teica. "Un neko neizlaidiet."

"Jā, pastāstiet mums, un mēs redzēsim, vai varam jums palīdzēt to interpretēt."

"Nu, tas sākās normāli. Viss bija tā, kā tajā dienā, līdz brīdim, kad Ardens aizmirsa savu beisbola cepuri, un mēs, mēs trīs, atgriezāmies pēc tās." Ardens atskatījās.

"Tātad viņš nepazaudēja savu beisbola cepurīti īstajā ballītē?" "Tātad viņš nepazaudēja savu cepurīti īstā ballītē?"

"Nē, viņš to nebija pazaudējis. Patiesībā viņš bija tik ļoti apsēsts ar šo cepurīti, ka mēs bieži viņu ķircinājām, ka tā ir pielīmēta pie viņa galvas. Tātad tā bija nozīmīga sapņa daļa. Un tur mēs gājām atpakaļ uz spēļu zonu, un šķita, ka gaitenis turpinās daudz garāks nekā tad, kad mēs to atstājām.

Mēs gājām ilgi. Mēs sarunājāmies, kā to mēdzām darīt. Sākumā mēs to neapzinājāmies, mēs jau kādu laiku bijām gājuši. Ardens apsvēra iespēju atstāt cepuri tur, kur tā atradās, jo nokļūšana līdz tai aizņēma tik daudz laika, bet mēs nolēmām to dabūt. Viņš teica, ka cepurei viņam ir sentimentāla vērtība."

"Interesanti," teica Lia. "Vai jūs zināt, kāpēc viņam tā tik ļoti patika?"

"Viņš to visu laiku nēsāja, jo viņam patika komanda. Es nekad nezināju, ka reālajā dzīvē ir kāda cita sentimentāla pieķeršanās, izņemot pašu komandu. Un sapnī, tajā brīdī, kamēr viņš to neteica. Tad koridors paplašinājās, un mēs nonācām lielā, gaisīgā telpā, kā auditorijā. Telpas centrā atradās milzīga giljotīna."

"Kas! Cik dīvaini!" Alfrēds teica.

"Tas ir diezgan biedējoši," teica Lia.

"Tur ir vēl kas. Augšā, virs asmens, bija Ardena cepure un zem tās uzraksts, uz kura bija uzrakstīts: Galva iet šeit."

Lia un Alfrēds aizturēja elpu.

"Ardens teica, ka viņam vairs tik ļoti neinteresē cepure. Un tad aptumšojās, un mēs sadzirdējām smagus soļus, kas tuvojās mums. Apavi. Ķēdēs vai bruņās čaukstēšana. Tad gaisma atkal iedegās, kad ienāca puisis ar kapuci galvā. Viņš piegāja pie giljotīnas un asināja nažus, vienu pēc otra." Viņš atskatījās uz to, ka "mēs to darījām," un atcirta nažus.

"Kas tad?" Alfrēds jautāja.

"Tad uz ekrāna parādījās datora ekrāns, uz kura bija rakstīts LOADING, un parādījās vizuāls attēls, kurā bija redzami abi. Viņi teica divus vārdus:

"BRĪDINI VIŅUS."

"Tad kas?" Alfrēds atkal jautāja.

"Tad tēvocis Sems mani pamodināja un jautāja, vai es zinu, kur ir Lia."

"Tas nav daudz," Lia sacīja: "Vai viņš mīlēja šo cepuri? Un kas būtu jābrīdina?"

"Ardena mīļākā komanda bija un joprojām ir Bostonas "Red Sox". Cepurīte viņam bija dāvana - autentiska -, viņš nekad to neatstātu, lai kas notiktu. Tomēr viņš vismaz divas reizes apsvēra iespēju to atstāt sapnī."

"Taču viņš nebija tik dedzīgs, lai iespraustu galvu giljotīnā, lai to iegūtu," teica Alfrēds.

"Kurš gan to darītu!" Lia jautāja.

"Es gribētu, lai mēs varētu izmantot Ardena datoru. Es deru, ka tur ir kāds pavediens. Es deru, ka viņam ir kāds fails, kaut kas paslēpts, ko es varētu atrast.

Varbūt tieši par to bija tas sapnis. Un kāpēc viņš man deva šo pavedienu.”

Lia pārbaudīja internetā, kāda nozīme sapnim ar giljotīnu ir viņas telefonā. “Tur rakstīts, ka tā simbolizē bailes vai trauksmi. Izcelšanās vai apmulsums par kaut ko.”

“Man šķiet, ka man ir ideja,” sacīja E-Z, ritinot kontaktpersonu sarakstu savā telefonā.

“Pagaidi,” Alfrēds teica, ”piezvani Samam.”

“Tev taisnība, varbūt man vispirms vajadzētu viņam to paskaidrot.” Viņš ātri piezvanīja Semam un paskaidroja situāciju. Sems teica, ka tūlīt ieradīsies pie Ardena, viņiem vajadzētu viņu tur sagaidīt.

“Te viss kārtībā?” PJ mamma jautāja. “Vai tu gribi iedzert vai kaut ko citu?”

“Nē, paldies, bet tēvocis Sems dodas pie Ardena, un mēs ar viņu tur tiksimies. Mēs apskatīsimies Ardena datoru, noskaidrosim, ko viņš darīja pēdējo reizi. Žēl, ka PJ dators nedarbojas.”

“Tā ir gudra ideja. Mēs dzirdējām, ka Ardena vecāki izsauca arī ārstu, vai viņš palīdzēja?”

“Nē, nepalīdzēja.”

“Mēs jūs informēsim, ja kaut ko uzzināsim,” sacīja Lia, aptaustot PJ pieri.

"Tu esi laba meitene," teica PJ māte. Tad viņa izgāja no istabas, cīnīdamās ar asarām.

Kad viņi ieradās Ardena mājā, Sems jau gaidīja viņus ārā. Viņam līdzi bija klēpjdators un soma, pilna ar datorinstrumentiem un vēl dažām citām lietām.

Viņi kopā iegāja iekšā, kur Sems netālu novietoja savu datoru, klēpjdatoru, pieslēdza to otrā istabas pusē, tad apskatīja Ardena uzstādījumus. Tas bija pieslēgts tieši sienas kontaktligzdai. Bez aizsargrežģa pret negaidītiem pārspriegumiem. Labi, ka viņš vienmēr nēsāja vienu somā.

Pēc tam, kad bija nostiprinājis drošības barošanas stieni, viņš tajā pieslēdza Ardena datoru. Viņi gaidīja - un nekas nenotika. Uzskatot to par labu zīmi, viņš ieslēdza strāvas padevi, un Ardena dators atdzīvojās. Bija nepieciešama parole. Parole, kuru neviens no viņiem nezināja.

"Vai ir kādi minējumi?" Sems jautāja.

E-Z ierakstīja Boston Red Sox. Viņš izmēģināja Ardena vidējo vārdu, kas bija Daniels. Neveiksmīgi.

"Pamēģini giljotīnu," ierosināja Alfrēds.

"Bingo!" E-Z teica, ka tagad viņam atliek vien meklēt vēsturi.

"Ļaujiet man," teica Sems, klikšķinot iestatījumos un meklējot kaut ko neparastu. Nekas neparasts tur nebija.

"Kāda bija pēdējā lieta, ko viņš darīja? Vai viņš spēlēja kādu spēli?" E-Z jautāja.

Kad Sems noklikšķināja, lai to noskaidrotu, bez pārsprieguma pārsprieguma josla aizdegās. Tēvocis Sems aizskrēja, lai uguns nodzēstu, līdz viņš atgriezās, E-Z to jau bija nosmidzinājis ar segu. "Laba doma," viņš teica.

"Ceru, ka arī Ardena mamma tā domā!"

"Paņemiet cieto disku!" Sems teica, ko viņš arī izdarīja, pirms tas tika apcepts. "Tagad ņemam to līdzi un skatāmies, ko varam ieraudzīt."

NODAĻA 7
DISKUSIJA

Kad viņi devās mājup, E-Z joprojām domāja par ziņojumu "Brīdini viņus". Vai tas varētu būt bijis kas vairāk par sapni?

"Nez," viņš teica.

"Par ko?" Sems jautāja.

E-Z paskaidroja par savu sapni un ziņu, tad pievienoja savu jauno ideju, lai uzzinātu, ko viņi par to domā.

"PJ un Ardens izveidoja tīmekļa vietni, lai mēs nākotnē varētu veidot podkāstus. Es domāju, vai man to vajadzētu izmantot, tiklīdz mēs izdomāsim, ko brīdināt. Mēs noteikti varētu sasniegt daudzus cilvēkus."

"Tā ir lieliska ideja!" Sems sacīja: "Bet vai mums nevajadzētu veidot sekotājus jau tagad? Tad, kad būsim gatavi nodot brīdinājumu, mums jau būs daži abonenti?"

"Ko es teiktu?"

"Padomāsim par to," teica Lia. "Un mēs būsim jums līdzās."

"Es esmu mierā ar to, ka es runāšu daļu no tā, ko es runāšu."

Ierodoties mājās, viņi iegāja iekšā.

NODAĻA 8
BRANDY DZĪVES

Kad viņa pirmo reizi viņu ieraudzīja, viņiem bija kopīga mūzika. Viņa spēlēja klavieres, labāk nekā vidēji, bet ne īpaši labi. Mūzikas skolotāja teica, ka viņai piemīt dabiskas spējas - lai ko tas nozīmētu. Taču viņa varēja spēlēt tikai tās dziesmas, kas viņai kaut ko nozīmēja. Tad viņa tās atcerējās un varēja uzreiz atskaņot. Tomēr piespiešana spēlēt kaut ko, kas viņai nepatīk, lika viņai ienīst mācības.

Viņa pie tā pieķērās. Piespieda sevi pat tad, kad viņai tas nepatika. Cerot, ka viņai izdosies viltus ceļā iekļūt skolas ansamblī.

Viņas vecāki gribēja kaut ko parādīt par visām stundām, par kurām viņi maksāja. Viņi uzstāja, lai viņa mēģina spēlēt ansamblī - lai vairāk iesaistītos skolas aktivitātēs.

"Tas labi izskatīsies tavā pieteikumā studijām koledžā," teica tēvs.

"Centies, cik labi spēj, tas ir viss, ko mēs lūdzam. Centies!" mamma sacīja.

Tomēr šī gada vidusskolas atlasēs bija daudz talantīgu bērnu. Kad viņa ienāca auditorijā, uz skatuves jau uzstājās talantīgs bundzinieks.

Ar sviedrainām plaukstām un pukstošu sirdi viņa virzījās gar līniju. Skolēnu un skolotāju rinda klaigāja un iemēģināja pirkstus. Viņa juta, kā grīda pulsē ar katru sitienu.

Kā robots viņa turpināja iet gar auditorijas malu, līdz nonāca tik tuvu skatuvei, cik vien varēja pietuvoties.

Tagad viņa izskrēja pa durvīm un devās aizkulisēs. Stāvēja kopā ar pārējiem uz klāja esošajiem izpildītājiem un aplaudēja, it kā viņa vienmēr būtu tur bijusi.

Tas bija lielisks plāns. Visi bija tik ļoti aizrāvušies ar savu noklausīšanos, ka pat nebija pamanījuši, ka viņa bija iegriezusies rindā.

"Kas viņš ir?" viņa čukstēja meitenei, kas stāvēja rindā viņai priekšā.

"Ššššš!" atbildēja pārējie gaidošie izpildītāji.

Viņš bungoja tālāk, tērpies džinsos, un viņa gaišie mati šūpojās un lēkāja. Tad viņš noliecās tuvāk mikrofonam, un viņa dziļā melodiskā balss pievienojās ritmam.

Viņa pavirzījās nedaudz tuvāk, un, to darot, pamanīja niezi, kura iepriekš tur nebija bijis. Uz plaukstām, rokām, kājām. Viņa saskrāpējās un neatrada nekādu atvieglojumu. Patiesībā tas kļuva vēl spēcīgāks, un drīz vien šķita, ka viņas āda deg. Tad viņas elpošana pasliktinājās un sirdsdarbība palēninājās.

"Nomierini sevi," viņa čukstēja gan skaļi, gan domās.

Tas bija pēdējais, ko viņa atcerējās, pirms pamodās braucošā transportlīdzeklī.

NODAĻA 9
PAR BRANDY

Transportlīdzeklis brauca pa šoseju ar lielu ātrumu. Viņa atradās aizmugurējā sēdeklī. Kurā mašīnā viņa atradās? Tā nebija automašīna, ko viņa atpazina.

Viņa mēģināja apsēsties; viņai sāpēja galva - it kā cauri tai traucās vilciens. Viņa uz mirkli aizvēra acis un ieklausījās, mēģinot saprast, kā viņa tur nokļuvusi. Pati automašīna smirdēja smieklīgi, jauna un vienlaikus veca.

PFFT.

Ventilators izdalīja smaku, kas lika viņai ieelpot vēderā, un viņa sāka vemt.

"Ei, uzmanies no salona," atskanēja vīriešu balss. "Tā ir āda, īsta." Viņa telefons iezvanījās, un viņš runāja tajā caur mikrofonu vizierī. "Jā, mēs drīz būsim tur," viņš teica. Viņš atvienoja savienojumu, tad uzpūta radio.

Viņas rokas bija sasietas, nevis aiz muguras, kā viņa bija redzējusi filmās, bet gan priekšā, tieši virs piesprādzētās drošības jostas. "Es gribu braukt mājās!"

"Drīzumā," vīriešu balss atbildēja Drakas melodijas kora pavadījumā.

Pēc, viņasprāt, aptuveni trīsdesmit minūšu ilgas brauciena, viņš iebrauca degvielas uzpildes stacijā. Viņš aizslēdza viņu iekšā, pēc tam aiz sevis aizcirta durvis un atstāja viņu vienu bez vārda.

Viņa paskatījās pa logu, cenšoties atkal neveikt vemšanu. Viņas sagrābējs vai nolaupītājs, vienalga, kas viņš bija iegājis iekšā. Viņa cerēja, ka viņš nav nolaupītājs, kas plāno prasīt izpirkuma maksu. Viņas vecākiem nebija naudas, lai samaksātu par viņas atgriešanos. Viņa koncentrējās uz šo brīdi, pamanot, ka durvīm nav rokturu un pogas loga atvēršanai nedarbojas.

Otrā automašīnas pusē, sūknējot degvielu, viņa ieraudzīja puisi.

"PALIEPOJIET!" viņa kliedza, atdeva visu, kas viņai bija pa spēkam. Zinot, ka šī varētu būt viņas vienīgā iespēja.

Kad viņš neatsaucās, viņa ar sasietiem dūrieniem dauzīja pa aizvērtajiem logiem. Šeit, šajā automašīnas akvārijā, bija grūti izdot kādas skaņas. Viņa atskatījās atpakaļ, un viņas sagrābējs atgriezās mašīnā, līdzi nesot poppannas kārbu un divas šokolādes tāfelītes. Kad viņš apsēdās pie stūres, viņš pārmeta viņai pāri plecam šokolādes tāfelīti. Viņa nespēja to noķert, viņa ienīda šādu, nemaz nerunājot par to, ka nesen bija vemusi.

"Man gribas dzert," viņa teica.

"Ko tu gribi?" viņš jautāja, tad iegāja iekšā un gandrīz nekavējoties iznāca ārā ar pudeli ūdens.

Viņš attaisīja vāciņu un iedeva to viņai rokās. Lai gan tās bija sasietas, pēc pāris mēģinājumiem viņai izdevās iebāzt ūdeni mutē. Viņas t-krekla priekšdaļa bija pilināma ar ūdeni. Viņai tas netraucēja, tas nomazgāja daļu no bārfija smakas.

"Paldies," viņa teica.

Pēc brīža viņi atkal bija atpakaļ uz šosejas. Viņš paātrināja ātrumu, pārvietojās ātrgaitas joslā, un viņas drošības josta kļuva nepiesprādzēta. Viņa mētājās automašīnas aizmugurē kā viena kauliņš, kas ripoja bez virziena.

"Pārtrauciet, jūs, ārprātīgā!" vīrietis sacīja, kad viņa ar sasietām rokām mēģināja no jauna piesprādzēt drošības jostu.

Riepas, kā autovadītājs neapdomīgi mainīja braukšanas joslas. Citi autovadītāji uzspieda bremzes, lai izvairītos no viņa. Tad viņš devās uz nobrauktuvi. Viņš nospieda bremzes un apstājās. Izkāpa no priekšējā sēdekļa, atvēra aizmugurējās durvis.

Viņa bija gatava, ar kājām, kas bija vērstas pret viņu, un ar visiem spēkiem ar vienu lielu divkāju sitienu viņam trāpīja. Viņš nokrita uz zemes, un viņa izkāpa no automašīnas, mežonīgi skrienot, kad viņu notrieca automašīna, tad vēl viena, tad vēl viena.

Viņš iekāpa atpakaļ mašīnā un aizbrauca.

"Stulba meitene!" viņš iesaucās.

NODAĻA 10

BRANDY ATMIŅAS

"**A**tkal notika, vai ne?" jautāja māte, palīdzot Brendijai izkāpt no pārtikas preču ratiņa. "Kas notika šoreiz?"

"Atvainojies, mammu," pusaudze noliecās, lai sasietos kurpi. Tagad, kad rokas vairs nebija sasietas, viņa jutās tik labi.

Māte noliecās un čukstēja: "Vai tas bija tāpat kā citreiz? Vai tu nomaldījies?"

Viņa piecēlās un paskatījās uz durvīm.

"Pastāsti man," teica māte, pavirzot meitu sev priekšā, lai viņas būtu tuvu un neviens cits nedzirdētu. Turklāt viņu ejā nebija neviena cita.

"Es biju skolā, noklausīšanās. Kāds zēns spēlēja solo uz bungām un dziedāja. Viņš bija patiešām lielisks."

"Un sapņains, es ceru?" jautāja viņas māte.

Viņa juta, kā viņas vaigi kļūst karsti. "Man paātrinājās sirdsdarbība, un man sāka svīst plaukstas, un es jutos smieklīgi. Nākamais, ko es zinu, bija sasietā automašīnas aizmugurē!"

"Sasietā? Automašīnā? Kādā mašīnā? Kas vadīja? Kur jūs braucāt?"

"Es neatpazinu ne mašīnu, ne šoferi. Viņš ar kādu runāja, izmantojot vienu no tiem bezroku mikrofoniem. Viņš bija labs autovadītājs, līdz iebrauca uz šosejas. Tad viņš brauca kā maniaks, un es izlikos, ka drošības josta ir atslēgta. Kad viņš nobrauca no ceļa un apstājās, es viņam tik spēcīgi iesitu, ka viņš apgāzās, un es metos bēgt."

"Paldies Dievam, ka tev izdevās izbēgt. Vai kāds apstājās, lai tev palīdzētu? Es ceru, ka jums ir viņu numurs, lai es varētu viņiem piezvanīt un pateikties."

Brendija nerunāja, jo viņa atcerējās automašīnas, vienu, otru, trešo, kā tās viņu notrieca, un viņa nomira. Atkal. Un atkal nokļuva pārtikas veikalā kopā ar māti.

"Runā ar mani," teica Brendijas māte.

"Es atkal nomiru," Brendija teica, "un nonācu šeit. Atkal."

Viņa apsēdās uz grīdas, pareizāk sakot, viņas ceļgali kļuva vāji, un viņa nokrita uz ceļiem. Viņas māte sekoja viņai kā domino.

Viņas sēdēja kopā, turoties par rokām un nerunājot.

NODAĻA 11

BRANDY PIRMS...

"**N**esteidzies, Brendija!" - tā pēdējo reizi bija teikusi viņas māte. Pēdējo reizi, kad viņas vienīgā meita bija mirusi - un augšāmcēlusies.

Kad lielākajai daļai vecāku bija jādodas uz pārtikas veikalu ar bērniem līdzi - viņi nespēja pietiekami ātri aiziet.

Brendija nebija no tiem bērniem. Viņa deva priekšroku veikaliem, nevis parkiem, sportam - gandrīz visām aktivitātēm. Ņemt viņu iepirkties bija vienīgais veids, kā viņu dabūt ārā no mājas.

Tā nebija tikai Brendijas vaina. Viņa piedzima ar retu sirds slimību. Viņi teica, ka viņa no tās izaugs. Tāpēc skriešana un spēlēšanās ar citiem bērniem viņai nebija iespējama.

Līdz ar to viņa bija iemīlējusi tirdzniecības centru, bet visvairāk viņa mīlēja pārtikas veikalu. Un pārtikas preču ejās vienmēr bija diezgan mierīgi. Izņemot vienu reizi, kad tur dalīja bezmaksas DVD. Brendija bija tik ļoti satraukusies, ka nespēja elpot, un viņu nācās steidzami nogādāt slimnīcā.

Toreiz viņai bija trīs gadi.

NODAĻA 12
BRANDY TAGAD...

Ēcmeitai bija četrpadsmit gadu, šķita, ka tas notiek aizvien retāk un retāk. Tomēr viņa aizdomājās, kas notiks, kad viņa būs pārāk liela, lai ietilptu iepirkumu grozā.

"Kā tev šķiet, kāpēc šeit?" Brendijas māte jautāja: "Kāpēc vienmēr tikai tu un es un šeit?"

"Es nezinu, mamma, bet es zinu vienu lietu. Es gribu iepirkties. Es gribu nopirkt pārtiku un dzērienus, un es esmu ceļā. Tu paliec šeit, ja gribi, es pēc brīža atgriezīšos. Uz, uzspēlē pasjansi savā telefonā. Tas nomierinās tavus nervus, un iepirkšanās nomierinās manējos."

Sieviete sēdēja uz grīdas, kamēr ratiņi nāca un gāja, visu uzmanību pievēršot pasjansa spēlei. Meita viņu tik labi pazina. Tomēr viņa centās neuztraukties par to, cik daudz - vai maz - pastāstīt vīram. Viņa viņam nebija stāstījusi ne pagājušajā reizē, kad meita bija mirusi, ne iepriekšējā, ne vēl iepriekšējā reizē. Viņa viņam bija teikusi tikai to, ka viņi bija devušies iepirkties, un tas bija stresains.

"Es esmu gatava," Brendija bija teikusi toreiz, kad viņa bija maza meitenīte ar rokām, pilnām ar graudaugu pārslām un pop tortēm.

Tad viņi devās uz pašapkalpošanās kases līniju.

"Ļauj man to izdarīt, mammu!"

Tā Brendija vienmēr teica. Viņai patika vērot, kā kasiere skenē katru priekšmetu. Un Dievs palīdzi viņiem, ja skenēšana bija nepareiza.

Tagad Brendija un viņas māte bija beigušas savu dienu un atgriezās pie automašīnas. Brendija apsēdās priekšā un piesprādzējās. Viņas devās ceļā, tikai uz īsu brīdi apstājoties iebraucienā, lai iegādātos divas karstās karstās krēpju desas.

"Mēs šodien ieguvām patiešām lieliskus darījumus," Brendija teica toreiz un atkārtoja to arī tagad.

"Es zinu, ka tu mīli, bet es tomēr gribētu dzirdēt vairāk par tavu, eh, šodienas incidentu. Vai atceries vēl kaut ko par notikušo? Jūs droši vien bijāt pārbijusies, atrodoties pilnīgi viena automašīnā ar svešinieku? Es nesaprotu, kā tas notiek. Vai šis gadījums atšķīrās no citiem? Tu teici, ka vienu brīdi esi bijusi skolas ansambļa noklausīšanās, bet nākamajā - automašīnā?" "Ne," atbildēju.

"Jā, es gaidīju savu kārtu uzstāties kopā ar citiem skolēniem. Mēs visi klausījāmies, kā kāds zēns spēlē uz bungām. Viņš bija neticams, dziedāja un spēlēja. Es jau tuvojos rindas priekšgalam, kad, ZAP, es pazudu."

"Ak, man nepatīk šī ZAP skaņa."

"Tā tas notika, mamma. Vispirms man niezēja rokas, tad kājas, rokas."

"Tu man iepriekš nestāstīji par niezi?"

"Tā gadās. Parasti es sevi nomierinu. Šoreiz nekas nepalīdzēja, un, nu, tu zini, Z vārds."

"Man jājautā, bet vai tu nedomā, ka varbūt tas notika tāpēc, ka tu vēlējies izvairīties no noklausīšanās? Es runāju par pašu noklausīšanos. Tas nav kaut kas tāds, ko tu būtu vēlējies darīt."

Brendija bungāja ar pirkstiem pa durvju rokturi. "Es nebūtu ielēkusi mašīnā ar svešinieku, lai izvairītos no noklausīšanās," viņa teica.

"Labi, mīļā," sacīja viņas māte, saraucot asaras. Viņa atkal bija pateikusi nepareizi. Viņa vienmēr teica nepareizas lietas, kad runa bija par meitas... kā to nosaukt? Meitas ceļojumu piedzīvojumiem.

"Viss ir kārtībā, mammu."

Kādu brīdi viņi brauca klusumā. Tas bija patīkams klusums.

"Es gribu zināt, kā tev palīdzēt," teica Brendijas māte. "Nākamreiz..."

"Es zinu, ka tu to zini, mamma, bet tevis nav klāt, kad tas notiek. Man pašai ir jāspēj ar to tikt galā."

"Vai ir kāda lieta, kas vienmēr notiek - pirms tu pazūdi?"

"Es gribētu atcerēties, mammu, bet, tāpat kā pagājušajā reizē, es to neatceros." Viņa paskatījās pa logu, tad sakrustoja rokas.

"Nu, kad mēs esam mājās, tu vari vingrināties vingrināties vingrināties vingrināties. Tad būsi vēl labāk sagatavojusies rītdienas noklausīšanās konkursam."

"Tā bija tikai vienas dienas noklausīšanās. Tātad šogad man nav nekādu izredžu. Turklāt tētim nepatīk, kad es vingrinos, īpaši tad, kad viņš strādā mājās. Viņš saka, ka no tā viņam sāp galva."

"Tētis tā nedomā," viņa teica. "Es ar viņu parunāšu. Galu galā, tu taču gribi spēlēt klavieres kā darbu, vai ne? Es domāju, kādu dienu, pēc tam, kad pabeigsi skolu. Un es piezvanīšu tavam skolotājam - palūgsim izņēmumu no noteikumiem.”

“Es gribētu dzirdēt, kā šī saruna noritēja!” viņa pasmējās. “Labdien, Hoppera kungs, es esmu Brendijas mamma, un mana meita, nu, viņa ceļoja laikā, iekļuva ātrgaitas mašīnā kopā ar svešinieku, un tad nomira. Vai viņa rīt varētu pie jums ierasties uz noklausīšanos?”

“Tas ir nežēlīgi,” teica viņas māte. “Vai tu esi pārdomājusi, vai vēlies turpināt karjeru mūzikā? Protams, studentiem visu laiku ir izņēmumi?”

“Iespējams, tā, bet mani tas neuztrauc. Tas, ka es to palaidu garām. Vienmēr ir nākamā auss. Turklāt es gribētu kļūt par pircēju, domāju, tāpēc vienmēr atgriežos pārtikas veikalā vai apģērbu veikalā. Atceries to vienreiz?”

Viņas māte mājināja ar galvu.

“Pēc veikala pārdevēja pianiste, tad skolotāja,” pusaudze izlocīja rokas un sakostus nagus.

Māte uz viņu paskatījās: “Nevajag, mīļā. Nagu grauzšana ir tik nehigiēniska.” Brendija apsēdās uz rokām. “Šādā secībā?” māte smējās.

“Varbūt otrādi,” Brendija pīkstēja, kad viņi iebrauca piebraucamajā ceļā. “Tētis vēl nav mājās.”

Viņa izmantoja automātisko garāžas durvju atvēršanas mehānismu, neatbildot meitai. Jā, viņas vīrs atkal bija nokavējis. Katru vakaru viņš mājās atgriezās arvien vēlāk un vēlāk. Viņš teica, ka darbs viņu aizkavē, liekot strādāt papildus un nemaksājot par virsstundām. Viņai nepatika, ka viņš nekad neatnāca mājās, lai redzētu Brendiju, pirms viņa devās gulēt. Viņi vismaz bija sagatavojuši uzkodas. Viņa pagatavoja vakariņas, lai viņa iekārtotos savā istabā. Tā viņi ar vīru varētu vakariņot kopā. Tas būtu jauks vakars, tikai viņiem diviem.

"Paņem somas," viņa teica.

"Labi, mammu," atbildēja Brendija, kad viņi iegāja iekšā.

NODAĻA 13
AUSTRĀLIEŠU OUTBACK

Zēns Austrālijas ziemeļu daļā, **tuksnesī**, dzīvoja kastē. Kad viņu atrada, viņam bija divpadsmit gadu. Viņa ķermenis bija deformēts, jo viņš sēdēja ar izliektu muguru un ceļgaliem uz augšu - kā kastē. Pat tad, kad viņi to atvēra un izlaida ārā.

Viņš nevarēja runāt vai arī nerunāja. Līdz viņš atkal sāka uzticēties. Tad viņš izstiepās, un viņa ķermenis atslābinājās.

Viņš deva priekšroku klusām balsīm, čukstošām balsīm. Skaļas lietas, jebkādas skaļas skaņas viņu biedēja. Viņš trīcēja un aizvērās sevī. Viņš meklēja un sauca: "Kaste!".

Viņi to turēja tur, stūrī. Līdz cilvēki Sidnejā teica, ka viņš nekad neuzlabosies, ja tā netiks iznīcināta.

Viņš palīdzēja viņiem to izdarīt ar gandrīz tikpat lielu veseri kā viņš pats. Kad tā tika sadrupināta sīkos gabaliņos, viņa acis atgāzās galvā, un viņš pazuda. Prom. Kaut kur savā prātā. Nesasniedzams.

Neviens nezināja, kas viņš bija. Vai kam viņš piederēja. Kādi vecāki ieslodzītu savu bērnu kastē kā dzīvnieku?

Tomēr viņš nebija badā nomaldījies. Katrā ziņā ne no ēdiena. Un viņš nebija dehidrēts.

Tas nozīmēja, ka kāds bija tuvumā. Viņi gaidīja, reindžeri, virsnieki, lai viņi atgrieztos - bet viņi neatgriezās. Tātad viņi droši vien zināja, ka kastīte kastītē ir ārā.

Psihologu komanda mājā bija uzstādījusi kameras, lai viņi varētu zēnu novērot attālināti no Sidnejas.

Arī citi no visas pasaules vēlējās "iekļūt" zēna novērošanā. Daži rakstīja disertācijas par vardarbību pret bērniem, par novārtā atstāšanu. Viņi cīnījās par iekļūšanu saraksta augšgalā.

Zēns šūpojās uz priekšu un atpakaļ, neteicis ne vārda. "Kastīte!" bija viņa vienīgais mēģinājums. Bet viņš zināja, kas notiek. Viņš dzirdēja, kā viņi čukstējās. Miljonāri, kas vēlējās viņu adoptēt. Viņš nekur negrasījās doties. Viņš palika uz vietas. Šīs bija viņa mājas.

Zēns, kurš nekad agrāk nebija gulējis gultā - vai, ja bija gulējis, tad neatcerējās -, tagad negribēja gulēt gultā. Tā vietā viņš savilkās bumbiņā un gulēja stūrī uz grīdas. Viņam noderēja spilvens un sega, ko viņam atstāja. Šīs greznumlietas palika neskartas.

Kamēr viņi izlēma, ko ar viņu darīt, tika iecelta māsa. Austrālijā māsas sauc arī par medmāsām. Dažos gadījumos māsa ir arī māsa (mūķene.) Arī māsa, kas ir māsa, var būt brālis. Ja minētā māsa/māsa ir vīrietis.

Zēna māsa/māsiņa bija laipna dāma, kura vienmēr valkāja matus saķemmētus. Viņa valkāja baltu formas tērpu ar pieskaņotām kurpēm, kas čīkstēja ar katru viņas soli.

Pirmo reizi, kad viņa mēģināja uzmest viņam segu, viņš kliedza tā, it kā viņam būtu uzbrucis dusmīgs mākonis.

"Tur, tur," teica māsa. Viņa nopurinājās, tad pacēla segu. Viņa uzmeta to sev ap pleciem, un zēns nopriecājās.

"Tā ir mīksta," viņa teica.

Viņa ieguļ tajā. Pasmaržoja to.

"Tā ir ļoti mīksta un silta," viņa nopriecājās.

Zēns izstiepa roku un pieskārās segas malai. Viņš to glāstīja, it kā tā joprojām būtu uz aitas, no kurienes tā bija cēlusies.

"Vai tev tā patīk?" Māsa jautāja.

Divas dienas viņš atteica, bet tad ļāva viņai to uzvilkt viņam ap pleciem. Pēc tam viņš ar to gulēja, it kā tā būtu dzīva lieta. Glāstīja to kā mazuli un čukstēja tai. Beigu beigās viņš tajā guva mierinājumu un neļāva māsai to paņemt vai nomazgāt.

Ceturtajā zēna brīvības rītā dzīvnieki sāka pulcēties ārā uz īpašuma priekšējā zāliena. Vispirms ieradās ķenguru mātīte. Viņa aizlēca līdz lieveņa pakāpienu apakšai, tad apsēdās uz gurniem un vēroja durvis. Pēc tam ieradās emu un darīja to pašu. Pēc tam nāca sīga, kakadu un galahs. Putni pārmaiņus dziedāja, un šķita, ka viņu balsis sauc zēnu ārā no durvīm. Pirms tam viņš nebija noskaņots ne atvērt durvis, ne iziet no tām. Taču, ieraudzījis dzīvniekus un putnus, viņš bez vilcināšanās devās ārā, lai tos sagaidītu.

Māsa viņu vēroja no aiz aizslietajām ieejas durvīm. Viņa nemīlēja ne suņus, ne kaķus, ne putnus - patiesībā tie viņu biedēja, - taču šie savvaļas dzīvnieki viņu biedēja. Viņa uzdrošinātos iziet ārā, ja tas būtu nepieciešams. Viņa cerēja, ka viņi drīzumā atsūtīs kādu, kas viņai palīdzēs.

Zēns stāvēja uz lieveņa un ieelpoja gaisu. Viņš plaši izpleta rokas, plašāk, tad piepildīja plaušas ar āra gaisu. Viņš alkatīgi to ieelpoja.

Māsa, kura vēlējās, lai viņš būtu viņas pašas dēls, vēroja, kā viņa krūtis paplašinās viņa mazajā augumā.

Tad tas notika.

Zēns sāka pacelties, kā balons, kas lido, tikai viņš nebija balons un nebija uz auklas - viņš bija mazs zēns.

Māsa izskrēja. Viņa viņu mīlēja - un viņš bija aizbēdzis. Aiz viņas aizskrēja aizslietņa durvis.

"STAGĀTIES!" viņa sauca, ar satverošiem pirkstiem sniedzoties viņam pakaļ.

Zēns aizskrēja prom. Viņa mazās kājas cēlās. Viņu aiznes ārā, tālāk. Trīs putni viņu nesa tālāk un tālāk.

Viņa satvēra, bet viņš bija pārāk tālu aizgājis. Un tā viņa vēroja, kā ķenguru māte pacēla acis.

Un zēns nokrita uz mātes pleciem. Viņa apsēdās augšā, ar rokām ap kaklu, un viņa aizlēca. Viņiem līdzās ritmā gāja emu.

Māsa, nezinādama, ko darīt, skrēja iekšā pēc automašīnas atslēgām. Viņa iedarbināja dzinēju un sekoja zēnam līdz brīdim, kad vairs nevarēja viņu redzēt.

Zēns, kurš reiz dzīvoja kastē, bija aizvests no cilvēku pasaules. Viņš bija nonācis pasaulē, kur dzīvnieki rūpējas par savējiem. Un šis bērns bija viens no viņiem. Viņš bija ģimene.

Un zēns dziedāja dziesmas balsīs, kuras viņš zināja dziļi sevī. Un viņš skaļi smējās un bija laimīgs, kad viņu aiznesa uz vietu, kas bija viņa sirdī. Tur, kur viņš bija tas, kam viņš vienmēr bija paredzēts būt.

NODAĻA 14
VIENTUĻAIS ZĒNS...

Japānas aizliegtajā mežā atskanēja bērna kliedziens. Putni pulcējās, pievienojoties dziesmai un pastiprinot vientuļā zēna lūgumu pēc palīdzības. Pielidoja pūce Scops, aizbiedējot pārējos putnus. Viņa sēdēja netālu, sargāja un gaidīja.

Izskanēja automašīnas signalizācija. Tās vaimanāšana noslāpēja bērna kliedzienus. Viņš atradās zīdaiņa sēdeklītī. Tādā, kas agrāk atradās automašīnas aizmugurējā sēdeklī.

"Klik, klik," un automašīnas signalizācija apstājās, pietiekami ilgi, lai autovadītājs varētu sadzirdēt vājos bērna saucienus. Viņa ar vīru steidzās uz mežu, kur atrada bērnu, kurš bija nobijies un pilnīgi viens. Kopā viņi viņu mierināja.

Vairāki vabolītes palika, vērojot. Novērtēja situāciju. Tie šūpojās ar spalvām un čivināja. It kā tie būtu ziņojuši par bērna glābšanu dzīvajā.

Sieviete atkailināja bērnu. Viņa turēja viņu cieši pie sevis un uzdeva jautājumus, uz kuriem viņš bija pārāk mazs, lai atbildētu. Tādi jautājumi kā: "Kur ir tava Haha, Ko? Kur ir tavs Otosans?" (Tulkojums: "Otosa Otosa"): Kur ir tava māte, bērns? Kur ir tavs tēvs?"

Viņas vīrs pārmeklēja apkārtni. Viņš sauca. Kad neviens neatbildēja, viņš meklēja zīmes. Pieaugušo pēdu nospiedumus. Nevienu neatrada.

"Nekādu pēdu pēdu," viņš teica, neticīgi kratot galvu. Viņam mežs nebija mīļākā vieta. Viņš deva priekšroku pilsētām un troksnim. Tieši viņš bija tas, kurš nejauši bija ieslēdzis automašīnas signalizāciju. Viņš cerēja, ka sieva vēlēsies aizbraukt. Viņš viņai bija apsolījis pusdienas viņas iecienītajā restorānā. Tad viņa bija dzirdējusi bērnu un skrējusi uz mežu.

Viņš bija sekojis sievai, lai viņa būtu droša. Pilsētā viņi izvairījās no vietām, kur varētu slēpties plēsēji. Neuzticīgus, uzticīgus cilvēkus - tādus kā viņa sieva - ievilināt briesmās.

Mežs, tieši šis mežs, bija dzīvs ar skaņām. Dzīva, ar gaismu. Un bērnu viņi nevarēja atstāt.

"Iesim," viņš teica. "Aizvedīsim viņu uz slimnīcu, lai pārliecinātos, ka ar viņu viss ir kārtībā un viņi var pārbaudīt policijā, kam viņš pieder." "Mēs aizvedīsim viņu uz slimnīcu, lai pārliecinātos, ka ar viņu viss ir kārtībā un viņi var pārbaudīt policijā, kam viņš pieder."

Viņa turēja bērnu cieši pie krūtīm, pārlaidusi roku pa muguru, kā to darītu māte ar savu bērnu. Viņas prātā viņš bija tieši tāds - viņas bērns. Bērns, kuru viņa nekad nevarēja dabūt, kurš viņu bija aicinājis, un viņa bija ieradusies aizliegtajā mežā, un viņa viņu bija pieprasījusi.

"Viņš ir mans," viņa teica vispirms izaicinoši, tad maigāk, "es domāju, mūsu. Mūsu bērns. Dēls, kuru tu vienmēr vēlējies."

Viņas vīrs paskatījās uz zēnu. Viņam vajadzēja viņus. Un viņš bija pārāk mazs, pārāk jauns, lai atcerētos kaut ko iepriekš. Viņš jau uzticējās viņiem. Neviens to neuzzinās, viņš domāja. Un tomēr, vai tas bija pareizi, ņemt šo bērnu kā savu?

"Neviens nezinātu," viņa sieva teica, it kā lasītu viņa domas.

Pēc divpadsmit kopdzīves gadiem tā notika bieži. Viņi domāja līdzīgas lietas. Runāja vienā un tajā pašā laikā. Pabeidza viens otra teikumus.

Viņi bija mīlošs un stabils pāris. Kopā viņi varēja tik daudz dot bērnam. Tomēr liktenis viņiem nebija dāvājis nevienu no viņiem pašiem.

Viņa pasniedza bērnu vīram un gaidīja.

Putni virsū varēja redzēt, kā viņas rokas trīcēja. Tie dziedāja, mudinot viņu ņemt bērnu. Palīdzot viņam izlemt, ka bērns tagad ir viņu.

Viņa jau bija viņu pieprasījusi savā sirdī un savā dvēselē. Arī viņas vīrs to bija izdarījis, taču viņš bija sašķelts starp savtīgumu. Viņš vēlējās rīkoties pareizi, nevis savtīgi.

"Vai tu gribētu dzīvot pie mums?" viņš jautāja bērnam.

Lai gan viņš neatbildēja, viņi visi trīs devās atpakaļ uz stāvlaukumu. Viņi novietoja zēnu aizmugurējā sēdekļa vidū, prom no gaisa spilveniem.

Putni un pūce piekodināja, tad aizlidoja prom uz mežu.

NODAĻA 15
VECĀ SIEVIETE

Veca sieviete šūpojas krēslā,uz priekšu un atpakaļ, uz priekšu un atpakaļ. Viņas atmiņas ir gaistošas kā mākoņi. Bieži vien nesasniedzamas.

Ieplūst apjukums. Drīz vien tas visu viņas prātā aizstās ar nebūtību.

Demence neizvēlas savus upurus atbilstoši slimnieka vēlmēm vai vajadzībām. Tās mērķis ir apjukums. Atstumt. Izdzēst.

Viņa ar to bija samierinājusies, līdz kādu dienu viss sagriezās kājām gaisā.

Tā viņa to tagad sauca - apvērsums. Vai saīsināti T/T. Otra lieta bija slikta, tā kļuva arvien sliktāka. Bet topsy-turvy nozīmēja, ka viņa nav traka, un vēl vairāk - tas nozīmēja, ka viņa nav viena - vairs ne.

Prātā viņa redzēja visu. Reizēm tas notika palēninātā režīmā, it kā viņa būtu nospiedusi pults pogu. Dažreiz ainas tika atskaņotas atkal un atkal, atpakaļ, uz priekšu, cilpā. Citreiz viņa atradās notikumu epicentrā, vērojot notikumus no pirmavota kā reportiere.

Kad tas notika pirmo reizi, viņa baidījās, ka tiks ievainota vai nogalināta. Viņa bija lieciniece dažām matus cirtinošām lietām. Bet, kad viņa saprata, ka apkārtējie viņu neredz un nedzird, tad viņa varēja atslābināties. Izņemot erceņģeļus, viņi zināja, ka viņa tur ir, bet neļāva citiem uzzināt par viņas klātbūtni.

Tāpat kā toreiz, kad viņas prāts aizlidoja uz Nīderlandi. Viņa bija iekārtojusies, vērojot mazo meitenīti. Viņa bija raudājusi, kad bērns zaudēja redzi. Viņa jutās bezpalīdzīga, jo nespēja neko darīt, tikai vērot. Ar laiku arī tas mainījās.

Tad Lia un E-Z kļuva par draugiem, un viņu saimei pievienojās arī gulbis Alfrēds. Viņa viņus vēroja, klausījās. Jutās kā neredzams, nedzirdams viņu komandas biedrs. Viņa vēroja, kā viņi strādā kopā un kļūst par stingriem draugiem.

Tad pēkšņi viņa domās uzrunāja Lia, un mazā meitene atbildēja. Rozālijai pavērās pavisam jauna pasaule.

Sākumā viņu sarunas bija nedaudz ierobežotas. Lai gan vecuma starpība bija liela, abām bija dažas kopīgas lietas. Piemēram, mīlestība uz baletu.

Kopš arhaņģeļi mainīja noteikumus, Rozālija vēl vairāk sekoja Trijatā. Tomēr ar šīm sarunām nepietika, lai izaicinātu viņas prātu, lai aizņemtu viņas prātu.

Tad Rozālija atklāja Citus. Bērnus ar unikālām spējām citās pasaules daļās - un viņa varēja ar viņiem sarunāties.

Pirmā bija Brendija, pusaudze, kas dzīvoja ASV. Tad sekoja saziņa ar Lači, pazīstamu arī kā Zēns kastē. Trešais, bet ne pēdējais, bija Haruto, kurš dzīvoja Japānā. Haruto bija jaunākais no visiem. Visiem trim bērniem bija spējas. Un viņa bija vienīgā savienotāja.

Pagaidām Lia viņu turēja savienojumā ar Alfrēdu un E-Z, bet drīz viņai vajadzēja pastāstīt viņiem par pārējiem.

Rozālija trīcēja, kad apkalpotāji ieradās ar ēdienu. Sarkana želeja. Viņas mīļākais. Viņa apēda pirmo pēc tam, kad uzlēja uz tā nedaudz krējuma. Krējumu, kam vajadzēja iepildīties viņas kafijā.

Domās viņa pateica paldies meitenei, kas piegādāja ēdienu, jo Rozālija nespēja runāt. Viņa nespēja runāt. Viņas vienīgais saziņas veids bija domas...

Izsaukt Trīs, lai apmeklētu viņu Senioru rezidencē, nelikās īsti pareizi. Pagaidām viņa ļaus Liajai paturēt viņu noslēpumā, bet viņa pierakstīs piezīmes par Brendiju, Laši un Haruto un ierakstīs tās grāmatā.

Viņai nāksies to noslēpt no ercenģeļiem. Viņa glabātu slepenu kartotēku. Viņa negrasījās pazaudēt pēdas šiem bērniem, lai kas arī notiktu.

"O!" viņa iesaucās, aizsniedzoties naktsgaldiņa augšējā atvilktnē pie savas gultas. Viņa atcerējās dāvanu. Piezīmju grāmatiņa, uz kuras priekšpuses bija uzrakstīts: "Ar dzimšanas dienu!".

Viņa uzrakstīja uz dažām pirmajām lapām. Viņa neuzrakstīja īstus vārdus, bet tad, kad nonāca līdz trīspadsmitajai lappusei. Viņai trīspadsmit vienmēr bija laimīgs skaitlis, viņa sāka rakstīt par Brendiju, Haruto un La* Lači. Bija tik daudz ko rakstīt. Kad viņai sāpēja roka, viņa apstājās, kādu brīdi to palasīja un tad atkal ķērās pie rakstīšanas.

Rozālija prātoja, vai bez šiem trim jaunajiem bērniem ir vēl citi. Ja viņa kādu brīdi pagaidītu, varbūt arī viņi uzrunātu viņu. Būtu labāk atklāt savu noslēpumu, kad visi bērni būs atklājušies.

Rozālija bija uzmanīga, lai uz grāmatas ārpuses neuzrakstītu "Slepeni" vai "Privāti". Un viņa priecājās, ka tai nebija pievienota atslēga. Šīs trīs lietas liktu ikvienam, kas ieraudzītu piezīmju grāmatiņu, vēlēties to izlasīt. Viņi būtu ziņkārīgi kā kaķi. Viņas vecumā bija daudz ziņkārīgu cilvēku. Bet viņi negribētu lasīt pēc tam, kad ieraudzītu pirmās trīspadsmit netīras lapaspuses.

Viņa pāršķirstīja līdz grāmatas beigām. Pēdējās trīspadsmit lappuses Rozālija aizpildīja ar vēl netīrāku rokrakstu. Tad ielika grāmatu un pildspalvas atpakaļ atvilktnē un aizvēra to.

Viņa pasmaidīja, atspiedās atpakaļ uz spilvena un atpūtās, domājot par vakariņām. Galvenokārt par desertu.

NODAĻA 16
KUR JŪS STĀVĒSIET?

Ir viena pasaule, kurā mēs dzīvojam, pasaule, kurā ir gan labi, gan slikti cilvēki. Pasaule, kuru pārvalda cilvēki, kas ir nepilnīgi un nepilnīgi. Cilvēki, kas nav roboti… nav ieprogrammēti būt labi vai slikti.

Mēs mācāmies savu dzīvi no tā, ko redzam, ko pamanām, ko mums māca un par ko kļūstam.

Mēs mācāmies no pamatiem, kas mums ir likti. Augot un paplašinot savu redzesloku, mums ir jāizdara izvēle.

No mums pašiem ir atkarīgs, kā pielietosim apgūtās zināšanas. Izvēlēties starp nepareizo un pareizo.

Gadsimtu gaitā ir apmuļķojušies lieli cilvēki. Lieli un vareni cilvēki. Pat pieaugušie.

Dažreiz pieņemt lēmumu ir viegli. Bez pelēkajām zonām. Dažkārt mūs vada spēki, kas ir ārpus mūsu kontroles. Citi spiež mūs sekot viņu ētikas kodeksam. Dažreiz ir negaidīti elementi.

Teiksim, mēs esam ceļā, un kāds mums uzstāda šķēršļus. Mēs varam to nojaukt vai apstāties un gaidīt, kamēr cilvēks to noņems. Mēs varam izvēlēties.

Dzīve ir saistīta ar izvēli. Izvēle, ko mēs izdarām, var noteikt mūsu dzīves virzienu. Mēs ejam pa šo ceļu, uz kura ir izkārtoti mūsu labo lēmumu ķieģeļi.

Vai arī mēs varam ļaut sevi novest no ceļa. Apmuļķots. Apmuļķot un likt mums rīkoties pretēji tam, ko mēs zinām kā patiesību.

Kad tas notiek, viss var sagāzties - kā domino kauliņi.

Un mūsu rīcībai - vai bezdarbībai - būs sekas. Ne tikai mums pašiem. Tas, ko mēs darām, ietekmē citus.

Un galu galā, pēc mūsu nāves, mēs visi tiksim noķerti un turēti mūsu Dvēseļu ķērāju rokās.

Fūrijas - trīs ļaunās dievietes - pārņem kontroli pār dvēseļu ķērājiem.

Dvēseļu ķērāji tiek nolaupīti.

Dvēseles lido apkārt bez mājām.

Dvēseles bez mājām.

Tuvojas haoss.

Kur tu stāsies?

NODAĻA 17
ROSALIE BALTAJĀ ISTABĀ

Rosālija atvēra acis. Bija ēdienreizes laiks, un viņa bija lūgusi brokastu paplāti. Viņas istaba atradās pa ceļam uz ēdamistabu. Kad viņi nesa ēdienu, viņa sajuta bekona smaržu. No tā viņai palika asaras mutē. Un kafija. Viņa gaidīja savu kārtu. Viņai nebija citas izvēles, kā vien gaidīt savu kārtu.

Viņa zināja, ka viņi labprātāk baro iedzīvotājus ēdamzālē. Viņa saprata, ka ir jāievēro grafiks. Tomēr viņa zināja, ka viņi beidzot pie viņas pienāks. Veco ļaužu pansionātā, kurā viņa dzīvoja, viņi vienmēr to darīja.

Viņa vēroja kardinālu kokā aiz loga un apsvēra iespēju izkāpt no gultas, lai to aplūkotu tuvāk. Taču, atmetusi segu un nokāpusi uz paklāja, viņa jutās smieklīgi. Neskaidra.

Un nokļuva Baltajā istabā.

Nekas nebija mainījies, kopš E-Z bija tur bijis. Un nebija vajadzīgs daudz laika, lai Rozālija atrastu savas kājas un sāktu pētīt.

Bīdot pirkstus gar grāmatu plauktiem, viņai radās deja vu sajūta. Vai viņa šajā istabā bija bijusi jau agrāk?

Viņa devās uz istabas centru un pagriezās. Grāmatu plaukti turpinājās un turpinājās. Tik tālu, cik vien acs varēja saskatīt. No to augstuma viņai sāka reibt galva, un viņa vēlējās apsēsties un atvilkt elpu.

BINGO

Parādījās ērts krēsls, un viņa tajā iesēdās. Viņa atliecās, tad saprata, ka tam ir riteņi un ka tas var griezties, un pagrieza to. Un griezās. Tad viņa aizvēra acis un atpūtās. Priecājās, ka vēl nebija brokastojusi, jo vēders bija mazliet sasirdzis, kad virs viņas kaut kas pakustējās.

Vai arī viņa to bija iedomājusies.

"Tu tur!" viņa kliedza, rādīdama uz neko un nevienu. "Es redzēju, kā tu kusties, tu, tu, tu mazais... lai kas tu būtu, iznāc, iznāc," viņa piekodināja.

Nolēmusi, ka viņai tas ir izdomāts, viņa atgriezās pie apkārtnes izpētes. Un brīnījās, kā viņa nokļuva šajā vietā.

"Vai es esmu atpakaļ savā istabā, iedomājoties, ka esmu šajā vietā?" Viņa ar nagiem iecirta krēsla roku balstus. Viņa vēroja, kā tie ieskrāpē ādas virsmā pēdas. Zīmes bija viegli skrāpējumi, pietiekami viegli, lai tos varētu likvidēt ar nelielu berzi. Galu galā viņa bija viesis, un viesiem vienmēr būtu jārūpējas par vietu, kuru viņi apmeklē. Pretējā gadījumā viņi netiks aicināti atgriezties.

Virs viņas atkal kaut kas pakustējās. Šoreiz to pavadīja spārnu plīvošanas skaņa. Vai kāds putns bija iesprostots tur augšā un nespēja izkļūt?

"Es jau eju, mazais," viņa sacīja, piecēlās un devās kāpņu virzienā.

Koka konstrukcija, it kā spētu lasīt viņas domas, ritēja pa grīdu un apstājās pie viņas kājām.

"Uzkāp!" tā teica.

Rozālija to izdarīja, un tikai tad, kad tā pati pārcēlās, viņa saprata, ka šī lieta bija uzrunājusi viņu.

"E, paldies," viņa teica, kad tas apstājās.

"Uz tikšanos," kāpnes sacīja. "Kādu grāmatu jūs īpaši meklējat?"

Rozālija pasmējās. "Man šķita, ka es dzirdēju putnu. Šššš."

Kāpnes smējās. "Šeit nav putnu, madāmas kundze. Skaņa, ko jūs dzirdat, nāk no grāmatām."

"Grāmatas ar spārniem?" "Jā," kāpnes atbildēja. Tad: "Tu tur! Nāciet šurp!"

Rozālija vēroja, kā bieza melna grāmata spiežas pie plaukta malas. Tad no tās priekšpuses un aizmugures izauga spārni. Tie nolidoja lejā un piezemējās Rozālijas rokās.

"Ak Dievs!" viņa sacīja, aplūkojot grāmatas muguriņu. "Domāju, ka šo es jau esmu lasījusi."

DVĪŅŠ.

Grāmata izraudājās no viņas rokām un atgriezās savā sākotnējā vietā uz plaukta.

"Man žēl," sacīja Rozālija. "Es ceru, ka neesmu aizvainojusi Dikensa kungu." Un tad pie kāpnēm: "Es ceru, ka es neaizvainoju Dikensa kungu."

"Ja jūs ar mani esat beigusi," kāpnes sacīja, "vai es varu ieteikt jums nokāpt nost?"

"Atvainojos, ka esmu veltīgi tērējusi jūsu laiku," viņa teica.

"Tā nav. Es priecājos, ka varēju būt noderīga."

Rozālija nokāpa lejā, un kāpnes aizskrēja uz otru telpas pusi.

Rozālija aptaustīja pieri, nē, viņa nebija sakarsuša. Viņas cukura līmenis asinīs droši vien bija nokrities pārāk zemu. Un tagad viņa nevarēja ēst, ne jau vairākas stundas. Un šī zagle Agnese Lindsija nozags viņas brokastis. Viņa ielīdīs viņas istabā un apēdīs katru ēdiena gabaliņu. Kad aprūpētāji atgriezīsies, lai paņemtu paplāti, viņi domās, ka Rozālija to apēda. Rozālija un Agnese bija zvērinātas ienaidnieces.

Lai atraisītu domas no grūstošā vēdera, Rozālija pievērsās grāmatām. Īpaši uz vienu grāmatu. Grāmatu, ko viņa bija mīlējusi lasīt atkal un atkal, kad bija maza meitene. Tās nosaukums bija "Anne of Green Gables", autore... Viņa nespēja atcerēties autora vārdu.

"Lūsija Moda Montgomerija," kāpnes sacīja, kad tā pieskrēja viņai līdzi. "Hop one," tā teica.

"Ak, paldies par piedāvājumu, bet es esmu pārāk izsalcis un varbūt arī pārāk reibonis, lai uzkāptu uz jums."

"Sēdieties," kāpnes teica, "tur." Tad kāpnes svilpoja, un augstu uz plauktiem uz priekšu pavirzījās grāmata. Tās priekšpusē un aizmugurē izauga spārni, un tā ielidoja Rozālijas rokās. Viņa to piespieda pie krūtīm.

"Paldies," viņa teica.

"Vai tas ir viss?" kāpnes jautāja.

"Jā, ja vien jums kaut kur šajā istabā nav paslēpts papildu pāris lasāmo briļļu."

BINGO.

Viņas brilles parādījās un sēdēja pilnīgi taisni uz viņas deguna.

Kāpnes atgriezās iepriekšējā pozīcijā.

Rozālijai sāpēja potītes.

BINGO.

Zem viņas kājām izlēca stends.

Viņa atvēra grāmatu. Tās iekšpusē bija grāmatas vārdamāsas Annas Šērlijas skice. Viņa ar pirkstu pabrauca gar mazās bāreņu meitenes sarkano matu kontūrām.

Anna pamirkšķināja Rozālijai. Viņa mirkšķināja, tad pasmaidīja pretī. Viņa jau iepriekš bija dzirdējusi par interaktīvajām grāmatām, bet šī bija pārāka!

Ar trīcošām rokām viņa izlocīja Kanādas karti, un viņas acis sekoja bultām, kas veda uz Prinča Edvarda salu. Domās viņa izstaigāja attālumu - nonākot pie Green Gables. Ārpus mājas atradās Kutberti. Gaidīja Annu.

Viņa pāršķīra lapu un ķērās pie lasīšanas. Viņa smējās par katru nepatīkamo situāciju, kurā nonāca Anne.

Tad Rozālijai sāpēja vēders, un viņa vēlējās kaut ko ļoti nesteidzīgu, līdzīgu brokastīm. Želejas salātus. Kaut ko tādu, ko māte viņai gatavoja īpašos gadījumos, kad viņa bija maza meitene. Viņas mīļākā daļa bija putukrējums virsū.

BINGO.

Viņas priekšā bija želejveida salāti ar varavīksnes kārtiņu un glāzi putukrējuma virsū. Viņa domāja, ka karote un

BINGO.

Parādījās viens. Bet tad viņa atcerējās, kā mamma un tētis viņai pārmeta, ja viņa pirmā apēda desertu. Viņa domāja par kartupeļu biezeni. Karsti, tvaicēti, ar kūstošu sviestu virsū. Ak, un kotletes ar kečupu. Un tikko no dārza novāktie zirņi.

BINGO.

Viņas priekšā bija milzīga bļoda ar kartupeļu biezeni. Sviests bija izkusis pa malām. Tas bija mākslas darbs. Izskatījās gandrīz pārāk labi, lai to ēstu.

Blakus atradās kvadrāts gaļas kotletes ar kečupu pāri virspusē.

Un atsevišķā bļodā - zirņi. Ar piparmētras zariņu virsū.

Viņa pasmaidīja. Būdama maza meitene, viņa nemēdza, lai viņas ēdienam pieskaras. Šajā telpā šefpavārs zināja, kas viņai patīk.

Taču šefpavārs bija aizmirsis viņai iedot ēšanas piederumus. Viņa iedomājās nazi un dakšiņu.

BINGO.

Arī tie ieradās. Viņa ēda alkatīgi. Uzmanīgi, lai nesabojātu "Annu no Zaļajām zeltainajām salām". Grāmata, jūtot vajadzību pēc aizsardzības, pacēlās un pacēlās gaisā, kur Rozālija to varēja viegli aizsniegt.

Rozālija apēda visu, ieskaitot želejas salātus, kas uz karotes šūpojās.

Kad viņa bija gatava

BINGO

trauki, galda piederumi utt. pazuda.

Pēc dažiem pateicības brīžiem par doto ēdienu viņa pacēla acis uz grāmatu.

Ja tā lidoja pie viņas, un viņa turpināja lasīt.

Lasīja un gaidīja.

Ko vai ko viņa gaidīja - viņa nezināja.

NODAĻA 18
CHARLES DICKENS

Anglijas pilsētā Londonā no debesīm nokrita metāla konteiners.

Pats konteiners nebija garš vai silosam līdzīgs. Patiesībā tas visvairāk atgādināja kapsulu. Atšķirība bija tā, ka šis priekšmets bija kvadrātveida formā un bez logiem. Logu vietā tas no visām pusēm bija spoguļattēls. Tā kā tas bija plakans, kad tas saskrēja uz ūdens, tas ar milzīgu spēku saslīdēja pāri. Tas piezemējās Temzas upes krastā.

To visu vēroja divi detektori, kuru vārdi bija Džons un Pols. Abiem vīriešiem bija ap trīsdesmit gadu. Viņi pelnīja iztiku no detektēšanas. Tāpēc viņus uzskatīja par profesionāliem detektoriem.

Detektoristu darba laiks bija dažāds. Viņi bija pašnodarbināti un atbildēja par savu instrumentu uzturēšanu un apsaimniekošanu.

Detektoram bija vajadzīgi daudzi instrumenti. Viņš negribēja doties izrakumos nesagatavots. Lielākā daļa visur līdzi nēsāja instrumentu kasti. Tās iekšpusē bija svarīgākie priekšmeti. Minēsim tikai dažus no tiem: austiņas, lietus pārvalki, siksnas, rakšanas instrumenti, lāpstiņas, instrumentu josta, priekšauts (ar kabatām,) ūdensnecaurlaidīgs maisiņš, mugursoma, atkritumu maiss.

Lielākā daļa Džona un Pola izrakumu atradās Londonā, pie Temzas. Saskaņā ar likumu viņiem bija Standard un Mudlark atļaujas. Tās piešķīra Londonas ostas pārvalde.

Atļauja ļāva viņiem nepieciešamības gadījumā rakt līdz 7,5 cm dziļumam (kāpnes bija nepieciešamas neatkarīgi no tā, vai bija nodoms rakt vai nē).

Kvadrātveida objekta gadījumā - kas bija piezemējies viņu priekšā - bija jāpadomā. Pirms viņi to atnesa un izteica pretenzijas par to.

“Vēlies apskatīt tuvāk?” Pols jautāja.

Džons, kurš neko daudz neteica, pieskārās.

Viņi ar darbarīkiem rokās rāvās uz priekšu. Viņu wellington zābaki čaukstēja un čaukstēja, ar katru soli izspiežot dubļus un ūdeni. Upes krasts pēc vairāku dienu ilgstoša lietus bieži vien bija ļoti dubļains.

"Pieteikties!" Pols sacīja.

"Godīgi," teica Džons.

Lai gan viņi abi to bija ieraudzījuši tieši tajā pašā laikā, viņš zināja, ka tas ir apgalvojums arī viņa vārdā. Viņi bija partneri, vienmēr bija bijuši, un nekas to nekad nemainīs.

Abi soļoja tālāk, līdz nonāca pie tās. Tā bija kā kvadrātveida spoguļbumba, un, kad viņi mēģināja to aplūkot, viss, ko viņi tajā ieraudzīja, bija viņu pašu atspulgi.

"Man vajag frizūru," teica Džons.

Pols nopriecājās, ar zābaka pirkstgalu pieskaroties tās sānam. "Ir jābūt kādam veidam, kā to atvērt," viņš teica.

"Tā ir pārāk liela, lai mēs varētu to apgāzt," teica Džons, izvelkot no kabatas mērlenti un izmērot vienas puses augstumu. Viņš parādīja rezultātu Polam, kurā bija lasāms: 60 centimetri.

Viņi apstaigāja objektu. Ik pa brīdim apstājoties, lai pieskartos, pieskartos. Uzmanīgi, lai uz spoguļattēlotā objekta neveidotos dubļaini pirkstu nospiedumi. Bet cerēja, ka viņi pieskarsies slepenajai pogai un atvērs to.

Un klausījās. Lai pārliecinātos, ka tā nedarbojas.

"Varbūt mums vajadzētu to aiznest uz muzeju vai ziņot par savu atradumu?" Pols ierosināja. "Viņi atsūtītu kravas automašīnu vai celtni, lai to paņemtu un transportētu. Pēc tam, kad to apskatīs spridzinātāji."

Džons pakratīja galvu.

"Ja viņi nosūtīs spridzekļus, viņi to uzspridzinās. Visur būs sasisti stikla lauskas, un mūsu prasība būs bezjēdzīga."

"Taisnība, taisnība," teica Pols. "Tiem puišiem patīk spridzināt lietas. Tas taču ir priekšrocība, vai ne?"

"Es tā domāju. Ko mums tagad darīt? Tas nedarbojas. Šajā ziņā mums viss ir skaidrs."

"Jā. Nav vajadzības pēc komandas," teica Pols. Viņš apstaigāja objektu, rokas aiz muguras. Tā bija viņa domāšanas staigāšana. Džons sekoja viņam aiz muguras, pieskaņojoties viņa soļiem, rokas aiz muguras.

Pols teica: "Mums jānoskaidro, kas tas ir un cik vecs. Saskaņā ar 1996. gada Likumu par dārgumiem mums ir jāpieprasa tikai dažas lietas. Tas neizskatās pēc zelta vai sudraba, un tas noteikti neizskatās vecāks par trīssimt gadiem. Šis atradums varētu būt tikai un vienīgi mūsu, t. i., mums par to varētu nebūt jāziņo vietējam FLO (Finds Liaison Officer).

"Noteikti ne zelts, ne sudrabs," teica Džons, pieklauvējot pie metāla priekšmeta un klausoties. Tas izklausījās tukšs. Viņš pabakstīja to vairākās vietās un ieklausījās.

Virs tiem parādījās divas gaismas.

Viena bija zaļa, otra dzeltena.

Tās piezemējās uz priekšmeta virspuses.

"Šū!" Pols teica.

"Vai mēs trakojamies?" Džons jautāja, skrāpējot galvu.

"Nedomāju," atbildēja Pols.

Gaismas pacēlās un peldēja apkārt. Abi nokrita pie konteinera pamatnes. Kad tās nosēdās, gaismas to pacēla un noturēja vietā. Dažas sekundes vēlāk tas sāka griezties, sākumā lēni, pēc tam paātrinoties. Drīz tas sāka griezties ar lielu ātrumu. Griešanās laikā tas sāka dziedāt augstā balsī.

Detektoristi nokrita uz ceļiem un ar rokām aizsedza ausis. Viņu ķermeņus pārņēma slikta dūša, kas nebija līdzīga jūras slimībai. Un viņiem bija ļoti bail.

"Kas notiek?!" Džons sašņācās.

"Es domāju, ka tā lieta izšķīlušies!" Pols atbildēja.

Kad konteiners nokrita uz zemes, pulsēja. Satricināja. Drebēja. Kad spoguļstikla kastīte saškobījās, tās daļa kā paceļamais tilts nolaidās uz zālājainā upes krasta.

"Arrrggggggh!" detektoristi kliedza.

Viņi gaidīja, raugoties caur spraugu starp pirkstiem. Viņus vairs neinteresēja prasīt šo lietu. Viņus vairs neinteresēja tās vērtība.

Iznāca jauns zēns.

"Tas ir bērns," teica Pols, pieceļoties.

Arī Džons piecēlās un uzlika rokas uz gurniem.

"Pagaidiet," teica Pols. "Viņš ir ģērbies kā viens no tiem Olivera Tvista bērniem."

"Es esmu atdzimis no jauna," zēns iesaucās, noliecot cepuri un pēc tam atgriežot to galvā. Viņš izstaipījās, iezobās, tad ieskatījās apkārtnē. "Paskaties, tur! Parlamenta ēkas. Tās ir mainījušās, kopš es tās redzēju pēdējo reizi. Un klausieties," viņš teica, kad pulkstenis sita vienu, divas trīs reizes. "Kāpēc viņi Lielo zvanu ir ievietojuši būrī?" viņš jautāja.

"Kā tas ir būrī? Un to sauc par Lielo Benu," teica Pols. "Un kāpēc tu esi tā ģērbies? Vai jūs apmeklējat kostīmu ballīti?"

Puisis noklaudzināja vestes priekšpusi. Viņš pārbaudīja, vai veste ir pilnībā aizpogāta un vai bikses ir pilnībā nolaistas. Viņš bija vairāk pieradis valkāt īsās bikses, un garākās vienmēr gribējās sasiet. Uz viņa galvas bija cepure, kuru viņš noņēma, pirms atkal sāka runāt.

"Vai jūs zināt ceļu uz Portsmutu?" viņš jautāja. "Māte un tēvs par mani uztrauksies."

Detektori paskatījās viens uz otru, bet neviens no viņiem nerunāja. Pirmo reizi mūžā viņi bija bez vārdiem.

"Es braucu," sacīja puisis, atkal uzliekot cepuri.

POP.

POP.

Hadžs un Reiki pielidoja un bloķēti lidoja tieši zēna acu priekšā.

"Čārlzs Dikenss, tev jāpaliek kopā ar šiem diviem vīriem. Viņi aizvedīs tevi tur, kur tev ir jābūt. Tev jābūt kopā ar E-Z."

"Ko viņi teica?" Džons sacīja, berzējot ausis. "Man šķiet, ka es kļūstu traks."

"Viņi teica, ka viņš ir Charles Dickens. Čārlzs Dikenss! Un mums esot jāpalīdz viņam nokļūt E-Z, lai kas viņš būtu, kad viņš ir mājās," atbildēja Pols.

Charles Dickens. Tas Čārlzs Dikenss. Citādi pazīstams arī kā E-Z un Sema tāls radinieks... Uzsita cepuri pret abām pasaku būtnēm. "Man reiz bija grāmata, uz kuras vāka bija Grimma pasaku fejas. Vai jūs viņu pazīstat?" viņš jautāja.

Hadžs un Reiki ķiķināja, tad pazuda.

POP

POP.

Čārlzs Dikenss atkal uzlika cepuri: "Es dodos uz Portsmutu." Viņš sāka iet.

"Nē, tu neesi," detektori sacīja vienbalsīgi.

"Protams, ka esmu," viņš atbildēja.

"Līdz Portsmutai ir tālu," teica Džons.

Viņiem aiz muguras spoguļkoks sāka kratīties un grabēt. Tad tas uzrunāja: "Šis cybus autem speculatam pašiznīcināsies pēc 5, 4, 3, 2, 1, 0."

Detektoristi nokrita uz zemes, ar rokām aizsedzot galvas.

PŪP.

Un tā vairs nebija.

"Uf!" Dickens teica. Tad viņš norādīja uz Londonas aci. "Kas tas ir?" viņš jautāja.

Detektori skrēja Čārlza priekšā. Vadīja un atbrīvoja ceļu. Viņi kā divi futbola aizsargi sargāja viņu.

Izvairoties no velosipēdiem, gājējiem un klaiņojošiem suņiem. Virzīja viņu uz citiem ceļiem, lai izvairītos no tramvajiem, taksometriem un motorolleriem.

"To sauc par Londonas aci, un no tās var redzēt jūdzes un jūdzes uz augšu."

"Vai ir kāda iespēja, ka mēs drīzumā varēsim kaut ko paēst?" Čārlzs jautāja, berzējot vēderu.

"Kāpēc gan vispirms neierasties pie mums un neizdzert tasi tējas," jautāja Pols. "Mana mamma gatavo lielisku tēju, un viņa varētu pat pievienot cepumu vai divus."

"Man tas izklausās labi," sacīja Dickens. "Tad man būs jādodas mājup. Mamma brīnīsies, kur es esmu. Man neklājas ilgi uzturēties ārā, un, ņemot vērā, kur ir saule, es paredzu, ka tā jau drīz nolaidīsies."

Kad viņi tuvojās Konventa dārziem, Dikenss pamanīja plāksni. "Paskaties šeit," viņš teica. "Šeit ir rakstīts mans vārds."

Džons un Pols paskatījās uz Čārlzu Dikensu.

"Ko?" viņš sacīja.

"Tu būsi visu laiku slavenākais britu rakstnieks," teica Džons. "Un Olivers Tvists ir viens no jūsu slavenākajiem varoņiem."

"Vai tas tā ir?" Čārlzs jautāja.

"Jā," teica Pols. "Un es negribu tevi aizvainot vai ko tamlīdzīgu, bet, zini, arī Viljams Šekspīrs ir diezgan slavens," teica Pols.

"Šekspīrs bija dramaturgs. Vai es rakstīju lugas?" Čārlzs jautāja.

"Nē, jūs rakstījāt romānus. Tad varbūt tev bija taisnība."

Viņi ieradās Pola mājā: "Māmiņ, tas ir Čārlzs Dikenss," viņš teica.

Viņa atradās virtuvē, tērpusies pinni (priekšauts), un, pirms Čārlza rokas paspiešanas, noslaucīja rokas tā priekšpusē.

"Vai esi radinieks tam Čārlzam Dikensam?" jautāja Pola mamma.

"Patīkami jūs atkal redzēt," teica Džons, mainot tematu. "Vai es varētu būt tik nepieklājīgs un lūgt tēju ar maizi un sviestu?"

"Jūs trīs ejiet iekšā un apsēdieties, es tūlīt atnesīšu," viņa teica, izdzenājot viņus no virtuves.

Viņi iekārtojās priekštelpā. Pols apsēdās pie loga, lai varētu skatīties ārā caur tīkla aizkariem.

Tikmēr Džons un Pols domāja līdzīgi. Par to, kā viņi bija atklājuši Čārlzu Dikensu un kā no tā varētu nopelnīt mazliet naudas.

Pols meklēja: Kad Čārlzs Dikenss nomira? Atbilde: 1870. Viņš parādīja ekrānu Džonam.

"Kāpēc jūs gribējāt doties uz Portsmutu?" Džons jautāja.

"Es tur kādreiz dzīvoju," Čārlzs atbildēja.

"Vai jums ir vēl kādas grāmatas?" Pols jautāja. "Es domāju grāmatas, ko vēl neesat izdevis?"

"Es nezinu," teica Čārlzs. "Vai esmu uzrakstījis daudz grāmatu?"

"Jā, tu noteikti esi Čārlzs," teica Džons.

"Vai ir labas?" Čārlzs jautāja.

"Es lasīju Oliveru Tvistu, kad biju zēns, un arī "Lielās cerības". Lieliskas, bet man nedaudz garas," teica Pols.

"Laba bija "Ziemassvētku dziesma"," teica Džons, "ne pārāk gara un lieliska mācību stunda."

Dažas minūtes telpā valdīja klusums.

"Man jāatrod šis Ezekīls Dikenss jeb, kā viņu dēvē draugi, E-Z," teica Čārlzs. "Es nezinu, no kurienes es to zinu, bet man šķiet, ka viņš dzīvo Amerikā." Viņš iezobās, reklāmā norādot, ka tik tikko var noturēt acis vaļā.

Ienāca Pola mamma, nesot paplāti ar gardumiem. Ikviens ēda līdz malkam, un drīz Čārlzs aizmiga krēslā.

"Ak, mazais ir cieši aizmidzis," teica Paula mamma, uzliekot viņam segu.

"Viņš ir tik mazs," viņa teica.

"Bet viņš ir viens no izcilākajiem rakstniekiem,".

"Rakstīšana ir viņa asinīs, tāpēc viņš kādu dienu varētu kļūt par izcilu rakstnieku." Džons iejaucās.

Paula mamma smējās, pēc tam aizgāja uz augšu uz savu istabu, lai nedaudz paskatītos televīziju.

Tikmēr Pols un Džons apsprieda, ko viņiem vajadzētu darīt ar Čārlzu Dikensu.

"Žēl, ka mēs nevaram viņu paturēt," teica Džons.

"Es nedomāju, ka muzejs viņu pieņemtu," teica Pols.

Abi vienojās, ka internetā veiks pētījumu par Čārlzu Dikensu.

POP

POP.

Džons un Pols skatījās uz priekšu, it kā būtu aizmiguši. Lai gan viņi bija tālu prom. Hadžs un Reiki dziedāja viņiem dziesmu, kas skanēja apmēram šādi:

"Čārlzs Dikenss ir tikai zēns.

Viņš nav detektoru rotaļlieta.

Palīdziet viņam atrast viņa brālēnu ASV.

Dariet to no rīta, citādi mēs liksim jums samaksāt!"

Šī dziesma Džona un Paula galvās riņķoja un riņķoja, līdz viņi zināja, kas viņiem jādara.

"Mēs atradīsim E-Z Dikensu," teica Pols.

"Jā, tas ir pareizi," teica Džons.

POP

POP.

Un viņi bija prom.

NODAĻA 19
ROSALIE IR GARLAICĪGI...

Rosālijai bija apnicis lasīt "Annu no Zaļajām zeltgrāviņām". Jo vecāka viņa kļuva, jo grūtāk viņai bija ilgstoši koncentrēties uz kaut ko vienu. Viņa noņēma brilles un vēlējās, lai viņai būtu lavandas maska, ar ko aizsegt acis.

BINGO.

Mīksta maska ar smaržojošu lavandas aromātu aizsedza gaismu un nomierināja viņas nogurušās acis.

"It kā šeit būtu burvju džins!" viņa teica, tad aizvēra acis un aizgāja miegainībā.

Kad pēc kāda laika viņa pamodās un noņēma masku, viņa atkal atradās savā gultā senioru rezidencē. Vai viņa bija apmākusies, vai arī prātā bija devusies ceļojumā?

Rozālija jutās mazliet auksta, iespējams, aukstās sterilās vides, kurā viņa uzturējās, dēļ. Noteiktās diennakts stundās temperatūra pazeminājās.

Tajos brīžos viņa pamanīja, ka iemītnieki ir savās istabās, bet apmeklētāji kārto. Tā kā viņi cītīgi strādāja, viņi aukstumu nepamanīja. Ne tā, kā to darīja seniori, kuri neko nedarīja.

BINGO.

Viņas skapja apakšējā atvilktne atvērās, un viņas mīkstais un pūkainais sarkanais džemperis lidoja viņai pretī. Tas nostabilizējās, kamēr viņa ielaida tajā rokas. Viņa pieguļ, sajūtot tā siltumu, kad tas aizpogāja pats sevi.

"Tas ir diezgan dīvains notikums," viņa teica.

Viņa sēdēja klusi, sapņojot par karstu tēju ar daudz cukura un piena.

BINGO.

Uz blakus esošā galdiņa bija novietota grezna tējkanna ar ziediem. Kad tēja bija iemērcināta, viņa pārlēja sevi atbilstošā tējkannā, pievienoja divus gabaliņus cukura un iepilināja pienu.

"Trīs gabaliņus, lūdzu," Rozālija palūdza.

Tika pievienots trešais gabaliņš.

Tējas tasīte uz šķīvīša peldēja viņai pretī.

"Varbūt vienu vai divas smalkmaizītes?" viņa jautāja.

Tas apstājās gaisā.

BINGO.

Tagad uz šķīvīša bija divi cepumi.

"Jūs aizmirsāt tējkaroti!"

BINGO.

"Paldies," viņa sacīja, joprojām domādama, vai viņai nav halucinācijas un/vai prāta zudums.

Tomēr tēja bija karsta, ne pārāk karsta. salda, ne pārāk salda. Un tā lieliski saderēja ar maizītēm.

Kad viņa bija izdzērusi no krūzes līdz pēdējam pilienam.....

BINGO

tas pazuda viņai no rokas.

Viņa brīnījās, cik ilgi turpināsies šie burvju triki vai viņas iztēles triki. Kamēr tie turpināsies, viņa tos izbaudīs pilnībā.

"Pagaidiet!"

Viņa atcerējās grāmatu. To, kuru viņa negribēja, lai kāds varētu izlasīt.

"Vai tu vari," viņa lūdza gaisu, "salabot to tā, lai otrs, kas var lasīt manu grāmatu." Viņa aizsniedzās atvilktnē un pacēla grāmatu. "Tātad vienīgie, kas to var izlasīt, izņemot mani, ir Lia, Alfrēds un E-Z. Neviens cits. Ja kāds cits to atradīs un pāršķirstīs lapaspuses, tās visas būs tukšas."

Viņa gaidīja kādu zīmi. Vai arī kādu troksni, bet nekāds nenāca.

Viņa atdeva grāmatu atvilktnē, apgāzās un atkal aizmiga.

POP

POP

"Vai viņa jau guļ?" Hadžs jautāja.

"Es domāju, ka jā. Viņa krākst!"

"Uzmanīgi, lai viņu nepamodinātu. Bet mums viņa ir jāuzņem uz klāja - es domāju, oficiāli."

"Erceņģeļi viņai piešķīra spējas, lai uzraudzītu Lia, E-Z un Alfrēdu. Viņi par viņu zina," Reiki atgādināja.

"Tā ir taisnība, un viņa būs uzticīga šiem bērniem. Un pārējiem. Arhangeli par viņiem neko konkrētu nezina - un es domāju, ka tā ir labāk."

"Piekrītu. Tātad, kas mums jādara. Lai tas tā būtu?"

"Rozālija," Hadžs čukstēja viņai tieši kreisajā ausī. "Tu taču gribi palīdzēt Lia, E-Z un Alfrēdam, vai ne?"

"Jā," Rozālija nopūtās.

Reiki runāja. "Un kā ir ar pārējiem? Vai tu gribi viņus aizsargāt? Pat no erceņģeļiem?"

"Jā," atbildēja Rozālija.

"Ļoti labi," sacīja Reiki. "Tagad dosim viņai atmiņas stimulu. Mēs taču negribam, lai viņa aizmirst, ko viņa ir piekritusi darīt, vai ne?"

Hadžs un Reiki nodziedāja dziesmu,

"Atmiņas ir skaistas lietas.

Kas peld apkārt kā dūmu gredzeni.

Atpakaļ un uz priekšu, uz priekšu un atpakaļ

Lai Rozālijas atmiņas tur viņu uz ceļa.

Maģija, maģija gaisā un jūrā

Saista mūsu līgumu ar Rozāliju."

POP

POP

Hadžs un Reiki pazuda, kamēr mīļā vecā Rozālija šņākāja tālāk.

NODAĻA 20
COUSINS

Norīta Anglijā, kamēr tējkanna vārījās, Džons un Pols gatavojās. Dators bija ieslēgts, un meklētājs bija atvērts.

"Es pagatavoju tēju," teica Džons.

"Es sākšu rakstīt," sacīja Pols, ierakstot meklēšanas joslā vārdu Ezekiels Dikenss. "Ak," viņš teica. "Tagad tas bija negaidīti."

Džons ieradās, nesot paplāti ar tēju, cukura gabaliņiem bļodiņā, karstiem sviesta grauzdiņiem, ar marmelādes burciņu pie malas.

"Vai kaut ko atradāt?" viņš jautāja.

"Paskaties uz to," teica Pols, pagriežot ekrānu un iemaisot cukura gabaliņus tējā.

Tā bija Trīs supervaroņu tīmekļa vietne. Viņi vēroja, kā E-Z iepazīstina ar sevi, kam sekoja Lia un Alfrēds.

"Vai tas ir legit?" Džons jautāja. "Viņi izskatās kā trīs varoņi no multfilmu tīkla."

Tad sākās glābšanas riņķīšu rekonstrukcija. Pols nospieda PAUZE. Viņš atvēra vēl vienu logu. Ierakstīja atrakciju parka glābšanas E-Z Dickens. Uznirstoši parādījās avīze ar rakstu par to. "Tas ir legit," viņš teica.

"Tātad Čārlza radinieks ir supervaronis?"

"Vai tu domā, ka mēs vispār esam līdzīgi?" Čārlzs jautāja. Viņš joprojām bija pusguļus aizmidzis pārlieku liela izmēra pidžamā, ko viņam bija iedevuši gulēt. Viņš paņēma no šķīvja grauzdiņa šķēli un iekost tajā.

"Jums abiem ir Dikensa deguni," teica Džons.

Čārlzs uzmanīgāk ieskatījās apturētajā ekrāna daļā.

"Balstoties uz to, kad esat dzimuši," teica Pols, googlējot no 1812. gada līdz mūsdienām, "E-Z būtu jūsu septītais vai astotais brālēns pēc māsīcas uzvārda." "Es esmu jūsu brālēns pēc māsīcas uzvārda," teica Pols.

"Ko nozīmē, ka brālēns vai māsīca ir atvase?"

"Tas nozīmē paaudžu skaitu starp jums," teica Džons.

"Tātad mans priekštečs ir Supervaroņa. Kas ir supervaronis? Vai tas ir kā filmā "Sers Gveins un zaļais bruņinieks"?"

"Ak, es atceros, ka to lasīju skolā, kad biju zēns, jā, bruņinieki un supervaroņi ir līdzīgi," teica Pols.

Džons ritināja lejup, lai noskatītos, vai E-Z Dikenss nav pieminēts arī citur. YouTube bija klipi, kuros viņš bija redzams, spēlējot beisbolu, pirms viņš bija ratiņkrēslā un pēc tam.

"Viņš ir diezgan labs sportists," teica Džons. "Un viņš sporto ratiņkrēslā."

"Spēle izskatās līdzīga Rounders," teica Čārlzs.

"Ak, pagaidi, te ir kaut kas par viņa vecākiem," teica Pols.

Viņi izlasīja nekrologus par E-Z vecākiem, par negadījumu, kas bija atņēmis viņu dzīvības.

"Nabaga puisis," teica Čārlzs. "Tagad viņam vismaz ir tēva brālis Sems, kas par viņu rūpējas."

"Kāpēc mēs viņam vienkārši nepazvanām?" Pols jautāja. Viņš atvēra tālruni un izsauca informāciju.

Čārlzs paskatījās viņam pāri plecam, kamēr Pols tajā runāja, un atbildēja sievietes balss. "Man vajag tasi tējas," viņš teica.

Džons aizgāja uz virtuvi, lai atnestu viņam vienu.

Tikmēr Pols pajautāja Ezekiela Dikensa numuru Ziemeļamerikā. Pēc tam, kad viņš uzzvanīja un telefons sāka zvanīt, Pols ieslēdza skaļruni.

"Sveiki," teica Sems.

Čārlzs gandrīz nometa tējas tasi.

"E, sveiki, mani sauc Pols, un es zvanu no Londonas, Anglijā. Es gribētu runāt ar Ezekielu Dikensu, lūdzu."

"Es esmu viņa tēvocis, vai es varu pajautāt, par ko tas ir?" Sems devās pa gaiteni uz E. Z. istabu.

Trīs skatījās filmu jaunajā plakanā televizorā. Sems paņēma pulti un nospieda MUTE. Tad ieslēdza tālruni skaļruņa režīmā.

"Godīgi sakot, neesmu īsti pārliecināts," teica Pols. "Ne jau es vēlos ar viņu runāt, bet gan..."

"Es." Tālrunī atskanēja jauna balss. Jaunāka cilvēka balss.

"Un kas jūs esat?" Sems jautāja.

"Mani sauc Čārlzs Dikenss."

Sems atdeva telefonu brāļadēlam. "Viņš saka, ka viņa vārds ir Čārlzs Dikenss."

"Es tev teicu, ka šodien notiks kaut kas dīvains," teica Alfrēds.

"Arī es," teica Lia, "bet es nezināju, ka tas būs saistīts ar Čārlzu Dikensu!"

E-Z vilcinājās, pirms teica: "Tas ir E-Z Dikenss, kungs, Čārlzs. Kā es varu palīdzēt?"

Čārlzs smējās. Tas bija nervozs smiekls. Viņš nezināja, ko teikt. Viņš vēl nekad nebija runājis ar kādu, kas atradās otrā pasaules malā.

"Es atgriezos," viņš izplūda. "Lai atrastu tevi. Džons un Pols, mani draugi, ir (viņš sadevās rokās pa telefonu) - detektoristi..."

E-Z iepriekš nebija dzirdējis terminu detektoristi.

"Viņi izmanto aparātus, lai atrastu lietas," Alfrēds teica.

Pols pārņēma sarunu. "Kāda lieta nokrita upē. Tajā bija Čārlzs Dikenss. Divas lampiņas, viena zaļā un viena dzeltenā, mums teica, ka Čārlzam jāsazinās ar E-Z Dikensu."

"Kāda lieta?" E-Z jautāja. "Vai tā bija kā bunkurs?"

"Te Džons," atskanēja jauna balss. "Nē, tas bija kubs. Atspoguļots kubs."

E-Z sadevās rokās pa tālruni: "Neizklausās kā viens no tiem bunkuriem." E-Z sadevās rokās pa tālruni: "Neizklausās kā viens no tiem bunkuriem."

"Vai eņģeļi tevi sūtīja?" Lia nopriecājās. sacīja: "Starp citu, es esmu Lia, un otra balss, ko tu dzirdēji, bija Alfrēds. Mēs esam šeit kopā ar E-Z un Semu."

"Prieks iepazīties ar jums visiem," teica Čārlzs.

"Cik jums gadu?" E-Z jautāja.

"Apmēram desmit, man šķiet. Vai tā ir taisnība, ka mēs esam brālēni?"

"Jā," sacīja E-Z, "un tēvocis Sems arī ir tavs brālēns."

"Mēs esam saistīti laikā un telpā," teica Čārlzs.

"E-Z ir arī rakstnieks," teica Sems.

E-Z saraustījās, un viņa vaigi sakarsa.

Sems ar elkoni pagrūda brāļadēlu atpakaļ uz realitāti.

"Tas ir ļoti daudz, lai to apstrādātu, Dikensa kungs, eh, es gribu teikt, Čārlzs. Mums būs jāplāno, kā tevi šeit nogādāt, vai nu tā, vai arī es varu atbraukt pie tevis. Vai jūs varētu kādu laiku palikt ar Džonu un Polu, un mēs ar jums sazināsimies, kad izdomāsim, ko darīt?"

Pols atbildēja: "Jā, mamma saka, ka ar Čārlzu nav nekādu problēmu. Viņš var palikt pie mums tik ilgi, cik viņš vēlas."

"Es jums piezvanīšu," E-Z teica.

Tālrunis atvienojās.

"Starp citu," Sems teica: "Ardena cietajā diskā nebija nekā noderīga. Izņemot apstiprinājumu, ka viņi bija tiešsaistē kopā, spēlējot vairāku spēlētāju šaušanas spēli."

"Labi zināt," E-Z teica, ka daudz ko viņš jau pats bija sapratis.

NODAĻA 21
PLĀNS UN ROSALIE

E-Z, Lia un Alfrēds kopā ar tēvoci Semu viņa istabā apsprieda notikušo sarunu.

"Es nevaru noticēt, ka pa telefonu mums zvanīja īstais Čārlzs Dikenss," teica Sems.

"Jā, bet es nesaprotu, kāpēc viņš ir šeit. Un ko viņš šeit ieradies," sacīja E-Z. "Es domāju, viņam ir desmit gadu - viņš domā. Un viņa pārvietošanās veids izklausās dīvaini - spoguļstikla kvadrātveida kaste. Kas tas, pie velna, ir?"

"Tas neizklausās pēc kosmosa kuģa," sacīja Alfrēds, "Ne jau mēs zinām, kā tāds izskatās."

"Pagaidiet!" Lia sacīja.

E-Z paskatījās uz viņu. "Vai tu domā to pašu, ko es?"

Viņa pieskārās.

"KAS?" Alfrēds jautāja.

"Atceries, kad erceņģeļi mūs izsauca, lai pateiktu, ka vienam no mums ir jāmirst?" Lia jautāja.

Alfrēds un E-Z pieskārās.

"Padomājiet par konteineru. It kā jūs atkal tajā atgrieztos un atcerētos to, ko mēs atradām. Papīrus, ko mēs atradām?"

"Es saprotu, ko jūs domājat. Jūs domājat par citplanētu informāciju. Par mūsu dzīvi alternatīvajās dimensijās?" E-Z jautāja.

"Tieši tā," atbildēja Lia.

Alfrēds uzlēca uz augšu un uz leju uz gultas.

"Ko?" Sems jautāja.

E-Z paskaidroja, cik labi vien spēja.

"Tātad, ļaujiet man paskatīties, vai es to esmu sapratis pareizi," teica Sems. "Mums visiem ir dzīve, kas turpinās kaut kur citur, ne tikai šeit. Es domāju, uz Zemes. Ir citas mūsu versijas, kas dzīvo citas dzīves, ne tikai mūsu. Atsevišķos laikos, citās telpās, citās dimensijās."

"Tieši tā," sacīja E-Z.

"Vai tad mēs varam mainīt savu dzīvi?" Sems jautāja. "Es domāju, mainīt iznākumu? Vai mēs varam apturēt briesmīgas lietas?"

"Es tā nedomāju," sacīja Lia. "Bet es nezinu, cik daudz viņi vēlas, lai mēs zinātu par citām dimensijām. Bet no tā, ko mums pastāstīja Ēriels, mēs esam centrs. Viss pārējais, kas notiek, griežas ap mums un mūsu dzīvi, ko mēs tagad dzīvojam."

"Tātad," Alfrēds teica, "Čārlza Dikensa atrašanās šeit ir kaut kā saistīta ar Ēriēlu un pārējiem." "Tātad," Alfrēds teica, "Čārlza Dikensa atrašanās šeit ir kaut kā saistīta ar Ēriēlu un pārējiem."

"Jā, es arī tā domāju," sacīja E-Z. "Bet kāpēc tieši tagad? Izmēģinājumi ir beigušies. Tā bija viņu izvēle. Tomēr, šķiet, ka viņi nevar mani atstāt mierā."

"Atgriežot Čārlzu Dikensu. Un turklāt desmit gadus vecu viņa versiju! Man tam nav nekādas jēgas," sacīja Lia.

"Varbūt, kad mēs viņu satiksim," teica Sems, "tad viss kļūs saprotams."

"Nē, ja tajā būs iesaistīts Ēriels," sacīja E-Z. "Ar viņu nekas nav skaidrs."

"Izskatās, ka ceļojums uz Londonu ir vienīgais veids, kā to noskaidrot," teica Sems.

"Šķiet, ka es tur nebiju tik sen."

"Jā, tev ir viegli aizbraukt. Viss, kas jums jādara, ir jāierauga krēsls pareizajā virzienā, un jūs varat doties," sacīja Alfrēds. "Kamēr ar mani ir daudz enerģijas, kas saistīta ar visu to plīvurēšanu, un vējš ir faktors."

"Tu varētu uzlēkt lidmašīnā, ja tētis Sems lidotu ar tevi," ieteica E-Z. "Viss, kas tev būtu jādara, ir jāsēž sēdvietā kopā ar citiem pasažieriem un jābauda lidojums."

Alfrēds pakārtoja galvu.

"Es to nesaku, lai tu justos slikti. Tikai atgādinu tev, ka mēs visi esam vienā laivā."

"Es to saprotu. Un paldies."

Labi, tagad atgriezīsimies pie lietas, - E-Z piebilda. Viņš noklikšķināja televizoru.

Lia raudzījās uz priekšu, it kā būtu nonākusi transā. "Rozālija!" viņa iesaucās.

"Kas?" Alfrēds jautāja.

Lia turpināja skatīties telpā.

"Vai ar Lia ir viss kārtībā?" Sems jautāja. "Viņa tikko elpo."

Lia piecēlās. "Man tev kaut kas jāsaka. Es esmu kādu satikusi, ne klātienē, bet savā prātā. Viņa ir manā galvā, un es ar viņu runāju jau ilgu laiku. Viņa mani lūdza neko nesacīt - pagaidām. Es domāju, ka tas varētu būt saistīts ar visu šo Čārlza Dikensa reinkarnācijas lietu."

"Mēs klausāmies," sacīja E-Z, noliecoties tuvāk.

"Viņas vārds ir Rozālija. Viņa dzīvo Bostonas veco ļaužu namā, un viņa ir diezgan veca. Viņai ir demence."

"Vai tā nav tā, kas izraisa atmiņas zudumu?" Alfrēds jautāja.

Taču, tiklīdz Rozālija dzirdēja Lia pieminot savu vārdu, viņa prātā un ķermenī pārcēlās uz E-Z istabu. Viņa karājās virs viņiem, uzmanīgi ieklausoties katrā teiktajā vārdā. Viņa pāršķīstīja rīkli, lai pārliecinātos, vai viņi viņu redz vai dzird - viņi to nevarēja. Viņa vēlējās, lai būtu paņēmusi līdzi piezīmju blociņu un pildspalvu.

BINGO.

Abi nonāca viņas rokās. Viņa pasmaidīja un ķērās pie piezīmju rakstīšanas.

"Jūs gribat teikt, ka jūs abi esat savienojušies - ar ESP?" Alfrēds jautāja. "Es domāju, ka es esmu vienīgais, kam ir ESP?"

"Es nedomāju, ka tā ir tieši ESP. Ne tādā veidā, kā tas ir tev."

"Kā tas ir?" Alfrēds jautāja.

"Rozālijas atmiņas ir pazudušas. Vismaz lielākā daļa no tām. Viņa pat neatpazīst savu ģimeni, kad viņi nāk viņu apciemot. Viņi neapmeklē viņu bieži. Viņai tas netraucē, jo viņai viņi nepatīk. Bet kaut kā mēs kļuvām saistīti. Un viņa zināja visu par mums un mūsu spējām. Viņa par mums rūpējās, kaut kā.”

“Kāpēc tu mums to stāsti tagad?” E-Z jautāja.

“Tāpēc, ka viņa teica, ka tas ir labi. Un viņa arī pieminēja Balto istabu. Viņa tur ir bijusi ne vienu, bet divas reizes. Pirmajā reizē viņa droši atgriezās savā gultā - bet ne šoreiz. Viņa teica, ka tagad viņa tur atrodas, un viņi viņu nelaiž mājās.”

“Kā jūs abi zināt, es esmu bijis Baltajā istabā,” viņš teica. “Tā ir vieta, kur erceņģeļi pirmo reizi deva solījumus un teica, ka es atkal būšu kopā ar saviem vecākiem. Būtībā tur, kur viņi mani ieveda uz kuģa, izmantojot izmēģinājumus.”

Sems piebilda: “Reiz Eriels mani nolaupīja uz Balto istabu. Sākumā tas bija pietiekami patīkami, katrā ziņā - līdz brīdim, kad viņš neļāva man aiziet.” ”Tas bija diezgan patīkami.

“Jā,” E-Z sacīja: “Ēriēlam ir netaktisks. Un tā ir diezgan forša vieta. Tu saņem visu, ko lūdz, domājot par to - piemēram, maģiju. Un tur ir grāmatas - grāmatas ar spārniem. Bet es negribu šeit iedziļināties pārāk sīkumos - koncentrēsimies uz Rozāliju. Kas tagad notiek?”

Rozālija pasmējās, domādama, kas būtu, ja viņa pateiktu Lijai, ka atrodas divās vietās vienlaicīgi? Nē, tas varētu viņus pārsteigt. Viņa domās sarunājās ar Lia un pa ceļam sacīja dažus baltus melus.

"Viņa saka, ka izliekas guļam. Viņa atceras, ka acu priekšā viņai peld divi punkti, viens zaļš un viens dzeltens."

"Hadz un Reiki," teica E-Z. "Pastāsti viņai, lai no viņiem nebaidās. Viņi ir labie puiši."

Ah, Rozālija atvilka elpu. Tad viņa saprata, ka šī varētu būt tā iespēja, ko viņa ir gaidījusi. Pastāstīt Trijiem par pārējiem. Viņa rūpīgi padomāja un tad nolēma, ka ir pienācis laiks dalīties ar to, ko viņa zināja.

"Ak, pagaidi, viņa grib, lai es tev kaut ko pastāstu." Lia skatījās uz priekšu, kad Rozālijas balss plūda viņai starp lūpām: "Ir arī citi tādi kā tu, es viņus esmu redzējusi. Es domāju, ka tāpēc es esmu šeit."

"Citi, tādi kā mēs?" Lia, Alfrēds un E-Z iesaucās.

"Neesmu pārliecināta, cik daudz man viņiem vajadzētu stāstīt par citiem bērniem, kas atrodas šajā telpā. Vai jums ir kāds padoms man? Ko man vajadzētu pateikt? Vai viņi mani ievainos? Ja es viņiem pastāstīšu par citiem bērniem - vai viņi viņus sāpinās?" Rozālija teica Lijas vārdiem.

"Tev paldies, E-Z," Lia teica kā pati.

"Vispirms uzklausi, ko viņi vēlas pateikt," sacīja E-Z. "Viņi tev pastāstīs, ko jau zina, un tad tu varēsi izlemt, cik daudz, ja vispār vēl kaut ko, viņiem ir jāzina."

"Labs padoms," sacīja Alfrēds. "Vienmēr esi labs klausītājs. Īpaši tad, ja tevi tur svešā vietā pret tavu gribu."

Lia piedāvāja: "Es turēšu puišus šeit informēt, ja vēlaties, lai mēs paliekam uz līnijas - tā teikt."

Rozālija runāja, izmantojot Lijas muti kā savu: "Man vajag saglabāt visas savas spējas... tāpēc pagaidām teikšu pāri un ārā. Paldies tev un bandai par palīdzību. Es sazināsos ar jums, ja būsiet man vajadzīgi, kamēr es esmu šeit. Citādi es jūs informēšu, kad atkal būšu mājās, kas būs drīz, jo man pietrūks vakariņu. Šovakar būs tītars, kartupeļu biezeni un zirņi." Viņa vilcinājās. "Un, starp citu, Lia, tev ir skaista krekliņa."

BINGO.

"Paldies," teica Lia, skatoties uz savu krekliņu un brīnoties, kā Rozālija zina, ko viņa valkā.

"Ko?" E-Z jautāja.

"Ak, nekas," atbildēja Lia.

Atkal Baltajā istabā. Rozālija nodomāja, ka viņas piezīmju grāmatiņa labāk atradīsies naktsgaldiņa atvilktnē.

BINGO

Un viņi bija prom.

BINGO

Ieradās vakariņas. Viņai bija viss garšīgs, bet tagad viņa varēja domāt tikai par zemeņu biezo kokteili.

BINGO.

Atnāca viens un līdzās tam - citronu bezē pīrāga šķēle.

Tad ieradās Ēriels un Rafaels.

"Ak, ak, ak," sacīja kāpnes, kad viņi peldēja viņai pretī, izskatoties tērpušies kā Helovīnam.

"Vai es sapņoju? Vai mirusi?" Rozālija jautāja.

"Ne to, ne to," atbildēja erceņģeļi.

NODAĻA 22
SATIKŠANĀS UN SVEIKŠANĀS

"Jūsejiet uz priekšu un pabeidziet maltīti," teica Rafaels.

"Jā, mums nav nekā labāka, ko darīt," sacīja Ēriels.

Kamēr viņi vēroja, kā viņa ēd, Rozālijai bija grūti košļāt. Grūtības ar garšošanu. Un tas šķita aukstāks. Viņa paskatījās uz grāmatu plauktiem, uz kāpnēm. Viņai radās sajūta, ka šie divi svešinieki ir iecerējuši neko labu, kad viņa nolika nazi un dakšiņu.

"Vispirms," sāka Ēriels, "šai sarunai jāpaliek tikai un vienīgi starp mums."

Domās viņa runāja ar Lia. "Vai tu esi tur, bērns? Vai tu klausies?"

"...Izzušana."

"Atvainojos," sacīja Rozālija, "bet vai jūs varētu sākt no jauna, es domāju, no sākuma? Es esmu veca, un es pazaudēju, ko jūs man stāstījāt."

Ēriels nopriecājās. Viņš kā mazs zēns, kuram ir pārmācīts, izpletis spārnus un aizlidojis prom. Kad viņš tuvojās bibliotēkas augšai, viņš sakrustoja rokas un gaidīja. Gaidīja, kad Rafaēls dos tam gājienu.

Rafaels noliecās tuvāk Rozālijai.

"Tavas brilles ir ļoti glītas," teica Rozālija. "Bet tās man liek justies mazliet slima, jo tajās pulsē un peld asinis."

Ēriels pasmējās.

Rafaēla noņēma brilles un iebāza tās savas melnās halātas kabatās.

"Mana mīļā, Rozālija," Rafaēla nopriecājās, "lūdzu, neņemiet vērā manas izglītotās draudzenes rupjību, bet mēs esam nonākuši situācijā. Situācijā, kurā mums nepieciešama ne tikai tava palīdzība, bet arī E-Z, Lia, Alfrēda un pārējo palīdzība. Jūs zināt, par ko es runāju, pieminot pārējos, jā?"

Rozālija klanījās, neko nesakot.

"Mēs esam erceņģeļu komanda, un mūsu spēki ir ierobežoti. Tas, kas notiek visā pasaulē, notiek ar dvēselēm."

"Jūs domājat, kad cilvēki mirst?" Rozālija jautāja.

"Tieši tā."

"Bet vai tas nav vairāk jūsu joma nekā mūsu? Tu esi runājusi ar Dievu - viņš taču tevi pazīst, vai ne? Un, ja tu mēģini izlabot kādu smagu situāciju, kāpēc gan neprasīt viņam tieši?"

Tā kā Rafaels un Ēriels nerunāja, Rozālija turpināja.

"Cik es saprotu, kad cilvēks mirst, viņa ķermenis tiek apglabāts. Vai arī kremēts. Viņu dvēseles - ja tādas ir - dzīvo tālāk citā vietā."

Eriels pēc dažām sekundēm jau bija viņai priekšā, rūkdams. "Tas ir nepareizi.

Rafaels viņu atgrūda malā. "Tas ir sarežģītāk, nekā tu zini. Pārāk sarežģīti, lai lielākā daļa cilvēku to saprastu."

"Cilvēki ir diezgan gudri," sacīja Rozālija. "Mēs esam bijuši uz Mēness, izgudrojuši lidmašīnu, internetu, uguni. Es neesmu ģēnijs, un tomēr jūs mani atvedāt šurp, lai mani pārliecinātu."

Ēriels atkal smējās.

Šoreiz Rafaela nespēja atturēties, un arī viņa smējās.

Un smējās. Un smējās.

Ne viens, ne otrs nespēja apstāties.

Rozālija tos ignorēja. Ignorēja apkārt notiekošo. Kāpnes metās uz priekšu un atpakaļ, uz priekšu un atpakaļ. Grāmatas, kas izkrīt ārā, tad atkal atpakaļ iekšā. Tas bija tāds troksnis. Tik trokšņains. Viņa atkal ilgojās pēc klusuma savā istabā.

Anne of Green Gables, viņa domāja.

BINGO.

Grāmata bija viņas rokās. Viņa to atvēra, atrada grāmatzīmi un sāka lasīt. Ja viņiem vajadzēja viņas palīdzību, viņiem nāksies piestrādāt, lai to panāktu. Tagad, kad viņi bija apvainojuši viņu un visu cilvēci, viņa negrasījās viņiem to atvieglot.

"Labi par jums," Lia čukstēja Rozālijas prātā. "Tu esi atbildīga. Un es esmu šeit kopā ar E-Z un Alfrēdu, un mēs tevi atbalstām."

Rafaels un Ēriels joprojām smējās. Nekontrolējami. Atlēkuši viens otram gaisā, kā baloni, kas piestiprināti viens pie otra.

Tad viņa atcerējās, ka viņas citronu bezē pīrāgs vēl nebija apēsts. Viņa nolika grāmatu malā, iebāza tajā dakšiņu un iekož. Tas bija lielisks. Ne pārāk salds, ne pārāk skābs, tieši tāds, kādu to mēdza gatavot viņas māte. Viņa paņēma vēl vienu šķēli.

Virs viņas Ēriels un Rafaels bija histērijā.

"Pārtrauciet!" Rozālija kliedza. "Jūs abi esat rupjākās, visnepatīkamākās, visnepatīkamākās radības, kādas jebkad esmu sastapusi. Un es savā laikā esmu satikusi diezgan nepatīkamus cilvēkus." Viņa nolika dakšiņu. "Vai jums nav mācītas nekādas manieres? Jebkādas manieres?" Viņa pacēla dakšiņu un pavērsa to viņu virzienā.

Ēriēla aizlidoja uz leju. Viņš bija uz Rozālijas un pēc dažām sekundēm atvēra muti. Viņa iebāza to citronu biezpienā, tad ar dakšiņu iebāza to erceņģelim mutē.

"Fūūūū!" viņš kliedza. Izspļāva to ārā, it kā viņa viņam būtu devusi arsēnu.

"Mamma vienmēr mani mācīja dalīties," viņa pasmaidīja.

Ēriēla bālums no melna kļuva zaļš. Pēc vemšanas viņš pazuda cauri sienai.

"Domāju, ka viņš nav pīrāgu cienītājs?" Rozālija sacīja.

Lia Rozālijas prātā smējās.

Rafaēla izņēma brilles no halāta kabatām, notīrīja tās un uzlika atpakaļ uz sejas. Viņa apsēdās blakus Rozālijai. Viņa bija tik tuvu, ka gandrīz sēdēja viņai klēpī.

Nabaga Rozālija.

"MĒS ZINĀM, KA IR VĒL CITI, UN MUMS IR JĀZINA, KAS VIŅI IR UN KUR VIŅI IR - TŪLĪT!"

Viņai runājot, Rafaēla seja izkropļojās līdz nepazīšanai.

Rozālijai mati sažņaudzās. Viņas ķermenis trīcēja.

"Rupji cilvēki nekad nesaņem to, ko lūdz, un tu, mana mīļā, esi ļoti rupja. Un tava draudzene arī," Rozālija čukstēja.

Rozālija atgriezās pie sevis, kāda viņa bija pirms tam.

Tikai šoreiz erceņģeļa takts bija mainījies. Un viņas balss bija sīrupaina, kad viņa teica,

"Es iešu cauri šai sienai un pievienošos Ēriēlam. Pēc piecām minūtēm mēs atgriezīsimies un sāksim no jauna. Mums ir vajadzīga tava palīdzība - tev ir taisnība -, un mēs nelūdzam to tā, kā vajadzētu." "Mums ir vajadzīga tava palīdzība," viņš teica. Tad sievietei sienā: "Iestatiet taimeri uz piecām minūtēm." Tad atpakaļ Rozālijai: "Kad taimeris ieslēgsies, mēs atgriezīsimies un sāksim no jauna." "Kad taimeris ieslēgsies, mēs atgriezīsimies un sāksim no jauna." Kā solīts, Rafaēls pietuvojās sienai un pazuda cauri tai.

Pulkstenis sienā skaļi tikšķēja. Tas šķita nevietā. Pat pārāk skaļš bibliotēkai.

"Tas ir ļoti kaitinoši!" kāpņutēls teica, pietuvojoties tuvāk.

"Atvainojos, par visu šo burzmu," sacīja Rozālija. "Mana klātbūtne šeit ir radījusi jums tikai haosu."

"Jūs mums patīkat," sacīja kāpnes. "Kāpēc jūs mazliet nepārvietojaties? Tas palīdzēs jums justies labāk."

Rozālija piecēlās, gaidot, ka pēc tik lielas maltītes jutīsies nogurusi. Tā vietā viņa bija uzlādēta ar enerģiju. Īpaši viņas kājas. Tās jutās tā, it kā viņai atkal būtu desmit gadi. Viņa veica lēcienu ar lecamauklu. Tik jautri!

"Un tagad," teica Rozālija, "viņas nākamais triks. Lielā vecmāmiņa mēģinās ne vienu, ne divus, bet trīs karuseļus pēc kārtas," - ko viņa arī izdarīja. "Paldies, paldies, paldies!" viņa teica, paklanījās un pamāja, it kā būtu izcīnījusi zelta medaļu olimpiskajās spēlēs.

BRRRIIIING.

Laika skaitītājs beidzās. Eriels un Rafaels ieradās.

Erceņģeļi bija ģērbušies citādi. It kā viņi būtu gājuši uz divām dažādām ballītēm.

Ēriels bija tērpies tumšā svītrainā uzvalkā, baltā kreklā un kaklasaitē.

Rafaēls bija tērpies sarkanā, Mumu līdzīgā kleitā, kas pilnībā sedza viņas ķermeni no kakla līdz kājām.

"Es jūtos nepietiekami ģērbusies," sacīja Rozālija.

BINGO.

Tagad viņa bija tērpusies savā vispozitīvākajā kleitā. Tā bija tā, ko viņa bija norādījusi, ka vēlas valkāt pēc nāves.

Viņa ieslīga krēslā, acis ieplešot uz augšu. Un arhaņģeļi peldēja viņai pretī. Viņu spārni kustējās kā tauriņu spārni, tuvojoties viņai ar graciozitāti un skaistumu. Viņas acis sažņaudzās.

"Kā es varu jums palīdzēt, mīļie?" Rozālija jautāja.

Bija sajūta, ka viņiem tagad ir vara pār viņu, vara, kuru viņa negribēja pārvarēt. Viņa nokrita uz grīdas, tagad klupdama abu erceņģeļu priekšā. Rafaēls pieskārās viņai pie labā pleca, bet Eriels pieskārās pie kreisā pleca.

"Pastāstiet mums, kas mums jāzina," viņi uzkliedza.

"Pārējie ir izklīduši," viņa sacīja, tad nokrita uz grīdas kā lelle bez stīgām.

"Viņa ir pārāk veca, lai to darītu," sacīja Ēriels. "Ja viņa nomirs, no viņas mums nebūs nekāda labuma."

"Turpini, tas darbojas."

POP.

POP.

Hadžs un Reiki parādījās, katrs čukstēdams Rozālijas ausīs. Viņi palīdzēja viņai piecelties kājās.

"Ejiet prom no šejienes, jūs abi iebrucēji!" Eriels kliedza ar sprādzienbīstamu balsi,

Rozālija izkļuva no transa, kurā viņi viņu bija ieveduši.

"Ejiet prom!" Rafaēls iesaucās, un atskanēja ne pīkstiens, tā vietā atskanēja tikai viens

PPLAT.

Rozālija uzlika rokas uz gurniem: "Ceru, ka jūs nesabojājāt šos divus mīluļus. Patiesībā, ja jūs vēlaties, lai es apsveru iespēju jums palīdzēt, tad jums vajadzētu tos atvest atpakaļ šurp TAGAD, lai es varētu pārliecināties, ka viņiem viss ir kārtībā. Es atsakos jums ko vairāk teikt, kamēr jūs viņus neatvedīsiet atpakaļ." Viņa pārgāja pāri istabai, apsēdās ar muguru pret balto sienu, aizvēra acis un gaidīja. Viņai bija visa diena, visa nedēļa, viss gads. Viņa nekur nesteidzās un neko nedarīja.

POP.

POP.

"Paldies," sacīja Hadžs un Reiki, sēžot Rozālijai uz pleciem.

"Mēs to izjaucam," teica Rafaels. Tad Hadžam un Reiki: "Jūs zināt, kādā situācijā atrodas Zeme, vai jūs varat mums palīdzēt panākt šī cilvēka palīdzību?" Rafaēls atbildēja: "Ne.

Reiki atbildēja: "Mēs zinām, ka ir situācija! Ja jūs nebūtu atkāpušies no darījuma ar E-Z, Lia un Alfrēdu, viņi jau būtu bijuši uz kuģa. Rozālija neuzticas nevienam no jums."

"Un jūs neesat bijuši godīgi pret viņu." Hads sacīja: "Un jūs neesat bijuši godīgi pret viņu."

Hadzs teica: "Cilvēkiem uzticēšanās un godīgums ir viss."

Eriels metās viņiem pretī.

Rafaels viņu aizturēja, pirms viņa teica: "No mūsu puses ir pieļauta kļūda, un šai kļūdai ir cēlonis un sekas. Mēs cenšamies glābt Zemi no blakusefektiem. Vienīgais veids, kā mēs to varam izdarīt, ir aicināt tos, kuriem ir dotas spējas, pārdabiskas, supervaroņu spējas. Bez viņiem cilvēce cietīs neveiksmi - un tā būs mūsu vaina."

Rozālija piecēlās. Viņa paskatījās uz abām mazajām būtnēm, kas sēdēja viņai uz katra pleciem. "Vai es varu uzticēties šiem diviem?"

"Rafaēlam var uzticēties," sacīja Hadžs.

"Bet mēs neesam pārliecināti par viņu," sacīja Reiki.

POP.

POP.

Abi pazuda, baidoties, ka Eriels viņus nosūtīs atpakaļ uz raktuvēm.

Ēriels pacēlās, arvien augstāk un augstāk, tad pazuda pa griestiem.

Rozālija mainīja tēmu. "Kamēr es par to domāju, vai tu vari paskaidrot, kas ir šī vieta? Es to saucu par Balto istabu, bet vai tas ir pareizais nosaukums - un kāpēc ikreiz, kad es kaut ko novēlu, tas parādās? Varbūt to sauc par Maģisko istabu?" Tajā brīdī Rozālija nodomāja par E-Z, eņģeli/puisi ratiņkrēslā.

ACK.

E-Z ieradās.

"Vau!" viņš teica, sapratis, ka ir pievienojies Rozālijai Baltajā istabā. Viņš domāja par savām saulesbrillēm un

PRESTO

Tās bija uz viņa sejas. Viņš pastaigājās pa istabu, vēlreiz sajūtot kājas un grīdu. Tad viņš izstiepa roku un sacīja: "Jūs droši vien esat Rozālija."

"Un tu droši vien esi E-Z, - viņa teica, - bez ratiņkrēsla. Šī vieta patiešām ir maģiska!"

"Un, sveiki, Rafaēls."

"Laipni lūdzam, E-Z," sacīja Rafaels. Tad Rozālijai: "Tik daudz par diskrētumu - tam vajadzēja būt konfidenciālam."

"Lai kādus solījumus viņa tev dotu, viņa tos lauzīs. Viņa ir bezjēdzīga sava vārda turēšanā - un Eriels ir vēl sliktāks, tāpat kā Ophaniels, - un tu viņu vēl pat neesi saticis. Tomēr, ļaujot tev zināt, ka viņi visi ir bariņš meliņu."

"Es to sapratu," Rozālija atzina. "Un viņš aizgāja, Ēriēla uzvedas kā sabojāts bērns." "Un viņš aizgāja, Ēriēla uzvedas kā sabojāts bērns."

"Man būtu gribējies to redzēt," sacīja E-Z. "Es gribēju to redzēt. "Tas izklausās ļoti neierasti Ēriēlam, bet, ak, tas būtu bijis forši."

"Pietiek ar šīm sirsnībām," teica Rafaels. "Man, šķiet, nav citas izvēles, kā tikai izskaidrot situāciju arī jums." Viņa nopurināja kājas, un viņas spārni dusmīgi nokrita uz sāniem. Viņa pagriezās pret E-Z un Rozāliju. "Pasaule ir jāglābj mūsu kļūdas dēļ. Vai jūs un pārējie vēlaties palīdzēt mums labot situāciju - es gribu teikt, glābt Zemi, vai nē?"

Rozālija un E-Z apmainījās skatieniem.

"Jūs ejiet uz priekšu," viņa teica. "Es piekrītu, lai ko jūs nolemtu."

E-Z uzreiz neatbildēja.

"Ja tu man visu izstāstīsi, es to nodošu pārējiem, un mēs balsosim. Mēs esam demokrātiska grupa."

"Cik ilgi tas prasīs?" Rafaels nopriecājās. "Un kā tu man atbildēsi? Vai man, iespējams, turēt Rozāliju šeit kā gūstekni, kamēr jūs to izdomāsiet? Vai divdesmit četru stundu laika pietiks?"

Rozālija sacīja: "Es neiebilstu palikt šajā istabā. Šeit ir daudz grāmatu, ko lasīt, un es varu pasūtīt visu, ko vēlos. Daudz interesantāk un aizraujošāk nekā mājās."

E-Z pieskārās. Rozālijai viņš teica: "Paldies, un tev taisnība, šī istaba ir diezgan īpaša. Jūs šeit būsiet drošībā." Tad Rafaēlam: "Rozālija nebūs tava gūstekne, patiesībā viņa būs tava viešņa." No plaukta atlēca grāmata un piezemējās viņam rokā. Tā bija "Harijs Poters un noslēpumu istaba".

"Es gribētu to izlasīt," sacīja Rozālija. Grāmata pameta E-Z roku un aizlidoja Rozālijas virzienā. Viņa to noķēra, atvēra un nekavējoties sāka lasīt.

"Rozālija būs mūsu viešņa," teica Rafaels. "Tad divdesmit četras stundas?"

"Divdesmit četras stundas," piekrita E-Z.

"Pagaidiet!" atskanēja balss. Balss bez ķermeņa. Balss, kas atbalsojās un atbalsojās. Kamēr no plaukta virs tās izkrita grāmata. Tā strauji krita pret grīdu, līdz tās spārni izspraucās uz priekšu un izglāba to no muguras salaušanas.

Rafaēls izskatījās pārsteigts par balsi. Viņa mēģināja atkāpties, bet kaut kas viņu aizturēja.

Rozālija un E-Z gaidīja un klausījās.

"Rafaēla jums vēl nav visu izstāstījusi, - atskanēja pērkona balss.

Šķita, ka gaiss vibrē ar katru zilbi, taču labā, laipnā un maigā veidā, nevis biedējošā pasaules gala veidā.

"Pastāsti mums," sacīja E-Z.

"Nedaudz klusāk," ieteica Rozālija. "Es esmu veca, bet ne nedzirdīga, ziniet!"

"Atvainojiet," balss teica. Viņš šķīstīja rīkli. Tad čukstēja: "E-Z Dikensi, vai tu atceries, kādas izvēles mēs tev devām? Divas izvēles iespējas?"

E-Z tās atcerējās pietiekami labi. Viena no tām bija palikt bunkurā uz visiem laikiem. Atmiņas par savu ģimeni cilpā. Otra izvēle bija atgriezties dzīvē kopā ar tēvoci Semu.

"Jā."

"Pastāsti, ko atceries par izvēli?" balss jautāja.

"Viņi teica, ka es varu palikt konteinerā un izdzīvot atmiņas par savu ģimeni cilpā vai atgriezties dzīvē kopā ar tēvoci Semu."

"Un dvēseļu ķērājs? Kas no tā?"

"Nekas," E-Z atzina, paraustot plecus.

Balss nopriecājās - it kā runāšana tagad tai sagādātu sāpes. Plaukti satricinājās, un gaisā nejauši ielidoja un izlidoja lietas. Vispirms tur bija milzīgs gurķis. Zaļais objekts griezās pulksteņrādītāja rādītāja virzienā, tad pretēji pulksteņrādītāja rādītāja virzienam, tad pazuda.

Tad virs viņiem parādījās spoguļbumba. Tā mainīja krāsas, griezdamās. Kad tā griezās pārāk ātri, viņi nobijās, ka tā uz viņiem uzkritīs. Viņi devās paslēpties, bet, pirms viņiem tas izdevās, bumba pazuda.

Tad parādījās klauna galva. Tā peldēja viņu priekšā un sacīja: "Kas ir melns un balts, un melns un balts, un melns un balts, un melns un balts, un melns un balts, un melns un balts."

"Pietiek!" balss dārdēja.

"Es atvainojos," Rafaels sacīja.

"Tev vajadzētu!" pirmā balss sakustējās. Tad klusāk, maigāk, maigi viņš teica: "E-Z un viņa komandai ir jāzina par Dvēseļu ķērājiem - viss. Citādi viņi nesapratīs, cik sarežģīts ir šis pārkāpums.”

Balss uz dažām sekundēm apstājās, tad turpināja: “Dvēseļu ķērājs ķer dvēseles, kad cilvēka ķermenis nomirst. Tā ir nebeidzama atpūtas vieta. Visiem cilvēkiem un visām radībām ir kuģi, uz kuriem doties. Tas, ko jūs saucāt par bunkuru, ir dvēseļu ķērājs. Tā ir atpūtas vieta uz mūžīgiem laikiem.”

“Labi,” sacīja E-Z. “Tātad, kāds tam sakars ar pasaules galu?”

“Es gribu redzēt savu dvēseļu ķērāju,” sacīja Rozālija.

“Ja tu un tavi draugi neko nedarīsiet, nevienam nebūs Dvēseļu ķērāja. Kad tavs ķermenis nomirs, tu MIRSI. Un viss. Beigas. Tavai dvēselei un visu pārējo dvēselēm nebūs, kur doties, un, kad dvēselei nav, kur doties, tad nav mērķa. Tai vairs nav iemesla eksistēt. Un bez dvēselēm cilvēki ir tikai gaļas tērpi.”

“Pagaidiet,” sacīja E-Z. “Vai jūs sakāt, ka cilvēks, kurš ir atbildīgs par Dvēseļu ķērājiem. Lai kā jūs viņus sauktu - izpilddirektors, prezidents, jūs saprotat būtību. Vai jūs sakāt, ka viņi ir kompromitēti?”

Rafaela atvēra muti, lai atbildētu, bet E-Z vēl nebija beigusi runāt.

"Kā tas viss ar Dvēseļu ķērājiem vispār darbojas? Es jau vairākkārt esmu bijis izsaukts uz savu, un es pat neesmu NOMIRIS. Vai tu saki, ka šie, lai kas tie būtu, tagad var mani piespiest ieiet manā Dvēseļu ķērājā pēc patikas?" "Un ko tu zini par Čārlzu Dikensu?" Viņš apstulboja: "Un ko tu zini par Čārlzu Dikensu? Viņš ieradās spoguļtvertnē, tātad ne Dvēseļu ķērājā. Kā viņa dvēsele nokļuva no vienas vietas citā? Vai viņa augšāmcelšanās ir jūsu, erceņģeļi, nopelns?"

Rafaēls gaidīja, vai viņam būs vēl kādi jautājumi.

Viņš atbildēja.

"Un kā ir ar maniem diviem labākajiem draugiem PJ un Ardenu. Kā viņi tajā iekļaujas? Viņi abi ir komā. Es gribu viņus atvest atpakaļ. Vai tas, ka tu palīdzēsi viņiem, palīdzēs viņiem?"

Balss sienā dārdēja atbildē.

"Dvēseļu ķērāji nevadās. Tas nav peļņas gūšanai dibināts uzņēmums. Kad kāds nomirst, viņa dvēsele tiek noķerta, un tā dzīvo piešķirtajā Dvēseļu ķērājā."

"Es to nesaprotu," sacīja E-Z. Tad: "Pagaidi, vai kāds vai kaut kas ir uzlauzis Dvēseļu ķērājus? Un, ja atbilde ir "jā", tad, pirms mēs iesaistāmies, man noteikti būs vajadzīga plašāka informācija par to, kas viņi ir. Ja jūs, erceņģeļi, nespējat viņus pārspēt, tad kā tad jūs sagaidāt, ka mēs to spēsim?"

Balss sienā sacīja Rafaēlam: "Nu, Eriels kļūdījās, kad teica, ka šis zēns ir biezs kā ķieģelis. Viņš to ir dabūjis vienā piegājienā. Labi, E-Z."

"E, paldies, es domāju," viņš atbildēja. "Bet ko tieši es pareizi sapratu?"

Balss turpināja. "Trīs dievietes patiešām ir nolaupījušas dvēseļu ķērājus."

E-Z atvēra muti, lai runātu, bet, pirms viņš to izdarīja, balss atkal runāja.

"Čārlzs Dikenss nav ieradies dvēseļu ķērājā, kā jums bija aizdomas. Asins radiniekiem ir vara pār laiku un telpu. Jūs viņu izsaucāt. Viņš ieradās, lai jums palīdzētu."

"Es viņu neizsaucu!" E-Z sacīja.

"Un tomēr viņš ir atgriezies, zināja tavu vārdu un gribēja tev palīdzēt, vai tas ir taisnība?"

E-Z pieskārās.

"Un, atbildot uz pēdējo jautājumu, jā, tavu draugu dzīvības ir apdraudētas trīs dieviešu dēļ." "Un, lai atbildētu uz tavu pēdējo jautājumu, jā, tavu draugu dzīvības ir apdraudētas trīs dieviešu dēļ."

"Dievietes?" E-Z atkārtoja. "Kā grieķu mitoloģijā? Vai tās ir reālas? Es domāju, ka visi šie stāsti ir izdomājumi."

"Tie ir balstīti uz vēsturiskiem faktiem," sacīja Rafaels.

"Mēs nevaram stāties pret mitoloģisko dieviešu komandu!" E-Z iesaucās. "Mēs esam bērni."

"Risks ir daudz lielāks, ja jūs to nedarīsiet, jo mums nav neviena cita, kam lūgt palīdzību. Nav ne Betmena, ne Zirnekļcilvēka, ne īstu supervaroņu. Vienīgie varoņi esat jūs, bērni, vai jūs varat? Vai jūs palīdzēsiet? Mēs zinām, kā, lai atrisinātu šo problēmu, mums ir vajadzīgi ķermeņi, cilvēki uz vietas. Cilvēki ar spējām var uzvarēt. Jūs varat to pārvarēt, lieta. Šīs lietas. Pirmkārt, jūs varat tos saskatīt. Mēs nevaram, - teica Rafaels.

"Es zinu, ka jums vajadzīga palīdzība, bet es neredzu, kā mēs varētu glābt situāciju - ne pret varenām dievietēm. Jā, mums ir spēki, bet pret ko tieši mēs esam nostājušies? Kas no mums tiks gaidīts? Kādas briesmas mums draud? Jūs jau esat miruši - mēs neesam. Ja mēs palīdzēsim - kādi ir riski?"

Viņš vilcinājās, un, kad neviens neko neteica, viņš turpināja.

"Ja mēs piekrītam, vai jūs varat pasargāt manu tēvoci Semu, viņa sievu Samantu un bērnus? Vai jūs varat nodrošināt, ka PJ un Ardens nenonāks miruši Dvēseļu ķērājos? Un kas mums no tā iznāk? Galu galā mēs riskētu ar savu dzīvību. Jūs neesat cilvēki, tāpēc jums nav ko zaudēt!"

Rozālija iejaucās: "E-Z Es neredzu, ka jums būtu izvēle. Tev taisnība, būs risks, un es vēl neesmu mirusi - bet esmu veca -, tāpēc risks man nav tik liels. Turklāt man patīk doma, ka tad, kad mana dzīve beigsies, mani sagaidīs dvēseļu ķērājs."

E-Z pieskārās. "Es to saprotu. Doma, ka mani vecāki peld apkārt. Vieni. Bez mājām. Bez dvēseles ķērāja. Nu, man no tā ir slikti. Man ir tik dusmīgi, ka gribas spļaut. Bet man tomēr ir jārunā ar pārējiem, - E-Z atkārtoja, krustojot kājas. Tā bija tik laba sajūta, ka viņš varēja darīt tādas vienkāršas lietas kā, piemēram, krustot kājas.

Tu kļūsti par īstu runasvīru, Lija teica viņam galvā.

"Uh, paldies," viņš atbildēja.

"Kā tad tu," balss sacīja. "Divdesmit četras stundas. Tikmēr Rozālija paliks šeit ar mums."

"Kā jūsu viesis," uzsvēra E-Z.

"Ar mani viss būs kārtībā," sacīja Rozālija. "Un es uzturēšu kontaktu, sarunājoties ar Lia. Mēs ar Lia mīlam tērzēt."

Viņš pieskārās. Ar Lia, ar Lia starpniecību. E-Z nebija pārliecināts, ko viņi zina un ko nezina - bet viņš negrasījās viņiem dot neko tādu, kā viņiem jau tā nebija.

"Uz drīzu tikšanos," viņš teica, atvadīdamies.

Tad viņš atkal atgriezās ratiņkrēslā. Viņš bija aci pret aci ar saviem draugiem. Bet kā viņš varēja viņiem to pateikt? Kā viņš varēja paskaidrot?

Beigu beigās viņš nolēma, ka vislabākais risinājums būs visu izkliegt. Tieši to viņš arī izdarīja.

NODAĻA 23
IZMAIŅAS

Laigan E-Z ziņas nebija tās, ko viņi bija gaidījuši dzirdēt, gan Alfrēdam, gan Lijai bija, ko teikt.

"Viņiem ir drosme!" Alfrēds iesaucās. "Pēc tam, ko viņi mums nodarīja. Es runāju par solījumu došanu, pēc tam atteikšanos no solījumiem un spēles plāna maiņu. Es, piemēram, nevienam no viņiem neuzticos tik tālu, cik tālu es viņus varu mest."

"Tas ir milzīgs jautājums, un tas ir saistīts ar mūsu mīļajiem, kas ir miruši," sacīja E-Z.

"Kā tā?" Sems jautāja.

"Es nezinu konkrētus apstākļus. Zinu tikai to, ka tajā ir iesaistītas trīs ļaunās dievietes, kuru plāns ir nolaupīt un kontrolēt visus Dvēseļu ķērājus."

"Tas ir traki!" Lia teica. "Kādēļ viņiem tās būtu vajadzīgas? Kādēļ viņiem būtu jādara visas šīs pūles? Ko viņi no tā iegūst?"

"Pagaidiet," sacīja E-Z. "Es jums izstāstīšu visu, ko viņi man teica. Paturiet prātā, ka viņi arī nezina neko droši.

"Jebkurā gadījumā. Tās ir mitoloģiskas dievietes, kas ir atdzīvojušās. Viņu mērķis ir kontrolēt Dvēseļu ķērājus - ar visiem iespējamiem līdzekļiem.

"Un veids, kā viņas to ir izvēlējušās darīt, ir nogalināt cilvēkus. Cilvēkus, kuriem nebija lemts mirt! Un tad viņi viņus ievieto Dvēseļu ķērājos, kurus viņi ir nolaupījuši. No cilvēkiem, kuriem tie ir vajadzīgi. Tāpēc viņu dvēselēm nav, kur doties."

"Es joprojām to nesaprotu," sacīja Lia.

"Padomā par to šādi. Lia, tu, Alfrēds un es jau esam bijuši savos Dvēseļu ķērājos. Tikai daži drīkst tur ieiet, pirms viņi ir miruši. Kurš gan gribētu tur būt?"

"Piekrītu," sacīja Alfrēds.

"Ditto," sacīja Lia.

"Bet ko tad, ja es tev tagad teiktu, ka tavā Dvēseļu ķērājā ir iekļuvis kāds cits - un tāpēc tas vairs nav tavs?"

"Cilvēki pat nezina par Dvēseļu ķērājiem!" Alfrēds iesaucās. "Lielākā daļa domā, ka viņu dvēseles dodas uz debesīm (vai, ja tās ir sliktas, uz karstu vietu.) Ja viņi zinātu, viņi par to būtu satraukti. Bet viņi to nezina."

"Jā, tu nevari palaist garām kaut ko tādu, par ko neko nezini," teica Sems. "Tāpat kā tu nevari cīnīties par kaut ko, par ko neko nezini."

"Viņi man teica, ka manu vecāku dvēseles tagad varētu peldēt apkārt, bez mājām. Tas mani ļoti aizskāra."

"Tieši tāpēc viņi tev to teica!" Sems sacīja. "Tā ir atklāta manipulācija."

"Nē, tā ir emocionālā šantāža," teica Alfrēds. "Bet es saprotu, kāpēc viņi to teica. Ja viņi man to pašu teiktu par manu ģimeni, es gribētu iesaistīties. Es vēlos cīnīties ar šīm dievietēm. Ja es būtu karstasinīgs, es nekavējoties rīkotos, pamatojoties uz savām emocijām. Bet mums šeit ir jābūt loģiskiem. Mums ir jāsaglabā saprātīgs prāts."

"Kas vispār ir šīs dievietes? Ko mēs par tām zinām?" Lia jautāja.

"Un vai mēs esam pārliecināti, ka erceņģeļi ir pareizajā pusē?" Sems jautāja.

"Viņi teica, ka kļūda no viņu puses ir izraisījusi pat šo notikumu - bet viņi man nepateica, kā tieši tas notika un kāpēc. Un viņi nebija noskaņoti uz to, lai uz viņiem izdarītu spiedienu, lai iegūtu informāciju - vairāk, nekā es jau biju spējis no viņiem izspiest. Turklāt viņiem ir Rozālija, un mūsu laiks lēmuma pieņemšanai ir beidzies.”

“Tieši tā,” teica Lia. “Un tomēr, kā mēs varam pieņemt lēmumu, ja pat nezinām, pret ko esam nostājušies? Viņi zina, ka mēs esam bērni. Jā, mums katram ir unikālas spējas - bet vai ar tām pietiek? Ja erceņģeļi paši nespēj tikt galā ar šo situāciju... kāpēc viņi zina, ka mēs to spēsim?”

“To es nevaru pateikt. Es taču uzstājos, lai viņi man pastāsta vairāk. Ja nebūtu balss sienā - viņi man nebūtu pateikuši tik daudz, cik es uzzināju.” “Un es to uzzināju?” - ”Ne.

“Kā viņi uzdrīkstējās no mums slēpt informāciju!” Alfrēds iesaucās.

“Es esmu paskaidrojis, ko zinu. Viņi ir trīs. Tās ir dievietes - mitoloģiskas būtnes, par kurām es domāju, ka tās nav reālas.”

“Mēs varam uzzināt visu, kas mums jāzina, lai bruņotos pret tām tiešsaistē,” teica Sems. “Bet tas prasīs laiku.” Viņš vilcinājās. “Tomēr es nedomāju, ka mums veiksies, meklējot informāciju par Dvēseļu ķērājiem.”

“Es jau mēģināju, bet neko nevarēju atrast.”

"Kad jūs pirmo reizi par tiem dzirdējāt?" Sems pajautāja.

"Balss sienā lika noprast, ka man par tiem jau agrāk ir stāstīts, bet ikreiz, kad mēģinu atcerēties, šķiet, ka informāciju aizšķērso siena."

"Vau! Ar mani notiek tieši tas pats," sacīja Lia. "Tas ir tik dīvaini."

E-Z paskatījās uz laiku savā telefonā. "Nu, es jums visiem esmu devis daudz ko pārdomāt. Mums ir laiks līdz rītam, lai pieņemtu stingru lēmumu... bet es domāju, ka mums nav citas izvēles, kā vien piekrist viņiem palīdzēt. Ja mēs to nedarīsim, tad kas tad?"

"Es domāju par to pašu," sacīja Alfrēds. "Bet man joprojām nepatīk veids, kā viņi to darīja."

"Man arī," sacīja Lia. "Es eju gulēt. Nakts visiem. Uz tikšanos no rīta." Viņa aizvēra aiz sevis durvis.

"Vai tev kaut kas vajadzīgs?" Sems jautāja.

"Nē, man viss ir kārtībā. Nakts, tēvoci Semi."

"Nakts E-Z. Man tev jāsaka, cik es lepojos ar tevi un cik lepni būtu tavi vecāki."

"Paldies."

"Un labu nakti, Alfrēdi," Sems teica, atverot durvis.

"Labas nakts," sacīja Alfrēds, pēc tam iekārtojās ar galvu zem spārna un aizmiga.

E-Z, nespēdams aizmigt, skatījās uz griestiem, rokām aiz galvas. Viņš izdarīja dažus pietupienus, tad pagriezās uz sāniem, cerēdams, ka varēs aizmigt. Tā vietā viņš ieraudzīja divas gaismas, vienu zaļu un otru dzeltenu, kas plūda uz viņu.

"Tu esi nomodā?" Hadžs jautāja.

"Nē," E-Z ar smaidu atbildēja, apsēžoties.

"Mums ar tevi nevajadzētu runāt," sacīja Reiki, "bet mums ar tevi ir jārunā, tāpēc tev jāuzzina, ko mums nevajadzētu tev teikt." "Mēs nedrīkstam ar tevi runāt," viņš teica.

"Nojautāt? Nopietni? Vai jūs varat man kaut ko ieteikt... ziniet, kaut mazliet sašaurināt man šo jomu?"

Vēlēja būt eņģeļi čukstēja viens otram. Šķita, ka viņi nepiekrīt, jo Hadžs aizlidoja uz vienu telpas pusi, bet Reiki uz otru.

"K, es eju gulēt. Kad tu to sapratīsi, vari man no rīta pastāstīt."

Viņš aizmiga, tad pamodās. Viņš atradās savā krēslā un planēja pa debesīm. Viņš piesprādzēja drošības jostu. "Kas par ko?"

"Mēs nolēmām, jo nevarējām jums sašaurināt izvēles lauku. Vai pateikt jums to, kas jums jāzina.

Lai pieņemtu apzinātu lēmumu... Ka tā vietā mēs parādīsim jums. Tāpēc sekojiet mums."

Kad mākoņi aizlidoja garām un tīrais, bet vēsais nakts gaiss piepildīja viņa plaušas, E-Z jutās dzīvīgāks, nekā bija juties jau kādu laiku. Savā ziņā viņam pietrūka, ka viņu izsauca uz pārbaudījumiem, lai palīdzētu un glābtu cilvēkus, kuri bija nonākuši nelaimē.

Kopš brīža, kad viņš pārtrauca strādāt ar Ēriēlu, viņš nejutās kā supervaroņa lomā. Tiesa, viņš bija izglābis kaķi, kas bija iesprūdis kokā. Un viņš bija neļāvis beisbola bumbai izsist vērtīgu baznīcas vitrāžas logu.

Taču lielāko daļu savas ikdienas dzīves viņš domāja par nākotni. Plānoja, kā pabeigt vidusskolu, lai pēc iespējas labāk varētu iegūt stipendiju. Uz labāko koledžu vai universitāti, ko viņš varēja iegūt.

Tēvocis Sems un Samanta plānoja, kā sagaidīt jauno bērnu. Viņi turēja noslēpumā, vai bērns būs zēns vai meitene, un neviens nedrīkstēja ienākt bērna jaunajā istabā. E-Zamam šķita dīvaini būt piecpadsmit gadus vecam un drīz kļūt par tēvoci, taču viņš to ar nepacietību gaidīja.

Un Lia, viņai skolā klājās labi, viņa labi iekļāvās, lai gan salīdzinoši īsā laika posmā no septiņu līdz divpadsmit gadu vecumam bija pārgājusi divos lēcienos. Šķita, ka tas, kas viņu novecoja, ir apstājies, un tagad šķita, ka viņa ir iemīlējusies PJ. Viņa noteikti auga, un viņš pasmaidīja, domājot par to, cik valdonīga viņa bija kļuvusi. Tas viņam atgādināja mazo vienradžiņu Doritu. Viņi viņu nebija redzējuši kopš izmēģinājumiem. Varbūt erceņģeļi bija sūtījuši viņu palīgā Lijai, kad viņi visi bija saistīti. Tad ieradās viņa brālēns Čārlzs Dikenss. Un PJ un Ārdens bija iesprūduši komā - un neviens nezināja, kā viņus no tās izvest. Alfrēds bija aizņemts, strādājot ap māju. Kopš viņa ierašanās tēvocim Semam nebija tik bieži jāpļauj zāle.

Viņš atkal atcerējās abus izmēģinājumus, kuros bija atradis līdzības. Tas ar meiteni, kas bija pārģērbusies par multispēlētāju tēlu. Otrs - ar zēnu, kuram bija pavēlēts nogalināt E-Z, lai glābtu savas ģimenes dzīvību. Tie bija saistīti. Ēriēlam bija taisnība. Viņam tikai bija jānoskaidro, ko tieši tas nozīmēja.

"Vai mēs jau esam gandrīz tur?" viņš jautāja, pamanījis, ka kļūst auksti. Viņi ātri virzījās uz priekšu, tuvojoties Nāves ielejas nacionālajam parkam Mohāvijas tuksnesī. Bija decembris, viens no gada aukstākajiem mēnešiem tuksnesī naktīs, un viņš vēlējās, lai būtu paņēmis līdzi kapuci. Bija tik tumšs, ka zvaigznes izskatījās miljons reižu spožākas. Kā acis debesīs, starp kurām starp tām bija vien pirksta attālums, vai vismaz tā šķita.

Apmācībā esošie eņģeļi neatbildēja. Viņi nolaidās dažus metrus, tad turpināja lidot uz priekšu pilnā ātrumā.

"Lieliski!" viņš teica. "Dodiet man zināt, kad mēs piezemēsimies. Es tiešām vēlos, lai man būtu ceļojuma aģents, kas man pastāstītu, ko es redzu."

"Izmanto savu telefonu," Lia un Alfrēds čukstēja. Tad viņi klusēja.

Tālāk viņi lidoja pāri Badvoteras baseinam, zemākajam punktam Ziemeļamerikā. Tas tika tā nosaukts, jo ūdens tur ir slikts - tātad nederīgs pārmērīga sāls daudzuma dēļ. Taču tur var plaukt daži savvaļas dzīvnieki un augi, piemēram, ķiršu ķērpji, kukaiņi un gliemeži.

Dziļāk viņi devās Nāves ielejā, kamēr E-Zs aplūkoja apvidu un centās nedomāt par to, cik ļoti viņam slāpst.

"Vai mēs jau esam tur?" viņš atkal jautāja, kad virs viņa galvas pārlidoja melns putns, nometot kaudzīti, pirms tas turpināja savu ceļu. "Laipni lūdzam Nāves ielejā," viņš teica, noslaukdams to ar piedurknes aizmugurējo daļu. Viņš steidzās tālāk, lai panāktu Hadžu un Reiki.

NODAĻA 24

NĀVES IELEJA, AMERIKAS SAVIENOTĀS VALSTIS

"**P**asteidzieties!" Hadz un Reiki teica. "Mēs esam gandrīz pie Rjolīta."

Viņš virzījās uz priekšu, tuvojoties viņiem. "Un kas īsti ir Rijolītā?"

"Nedaudz informācijas," sacīja Hadzs. "Ja vien jūs par to jau neesat dzirdējuši?"

E-Z pakratīja galvu. Skolā viņš bija mācījies par Lielo kanjonu, galvenokārt par to, kā tas veidojies.

Hadzs turpināja: "Reolīts reiz bija plaukstoša pilsēta zelta drudža laikā 1904. gadā. Taču tā ilgi neturpinājās, 1924. gadā nomira tās pēdējais iedzīvotājs, un tā pārvērtās par spoku pilsētu."

"Ko nozīmē vārds Rhyolite?"

Reiki atbildēja: "Tas ir skābs vulkānisks iezis - granīta lavas forma. Tā nosaukumu 1860. gadā deva ģeologs Ferdinands fon Richthofens. Tā izcelsme ir grieķu valodā, no vārda rhyax, kas nozīmē lavas straume."

"Tātad pilsētā bija liela zelta drudzis, un viņi to nosauca vulkāna ieža vārdā?" Viņš vilcinājās. "Šķiet, es atceros kaut ko no klases par vulkānu darbību."

"Pareizi," teica Hadžs. "Datējams ar laiku pirms diviem miljoniem gadu."

"Tātad, šī stunda ir interesanta un viss, bet es joprojām nezinu, kāpēc mēs dodamies uz Rjolītu."

Reiki nopriecājās: "Tāpēc, ka tur ir renegātu galvenā mītne."

"Tie, kas cīnās par Dvēseļu ķērāju kontroli."

"Kas tieši viņi ir un kā mēs varam viņus apturēt? Ar "mēs" es domāju mūs, Trīs. Jo Ēriels un Rafaels tur Rozāliju, un, starp citu, laiks iet uz beigām. Viņi deva mums tikai divdesmit četras stundas, lai atgrieztos pie viņiem."

"Klusu," sacīja Hadžs. "Viņiem ir neparasta dzirde, un vējš var aiznest mūsu balsis atpakaļ pie viņiem čukstus. No šī brīža mēs runāsim tikai ar prātu."

E-Z jautāja, izmantojot savu prātu: "Kas notiks, ja viņi uzzinās, ka mēs esam šeit? Vai viņi mūs neredzēs?"

"Mēs ar Hadzu neesam cilvēki, tāpēc esam ārpus viņu radara. Taču jūs neesat, tāpēc mēs esam jūs pasargājuši."

"Lieliski! Ap mani ir neredzams aizsargvairogs - tā ir noderīga informācija, ko man jāzina."

Tālumā viņš redzēja Melnos kalnus. "Es bet, kad saule uzkarsē šos kalnus, uz tiem var izcept olu." "Es bet, kad saule uzkarsē šos kalnus, uz tiem var izcept olu." Viņš vilcinājās: "Kā ar to putnu, kas uz mani uzgāzās? Vai ļaundari varēja to aizsūtīt, lai meklētu mūs?"

Hadžs un Reiki pakratīja galvu. "Mēs to putnu redzējām. Tas bija krauklis - pazīstams kā debesu ziņu nesējs."

"Labi, pietiekami godīgi. Es nedomāju, ka tas izskatījās pēc kraukļa. Pastāsti man, kas tas ir tas, kas ir nolaupījis dvēseļu ķērājus, un kas mums būs jādara, lai tos pārspētu." "Un kāds tam sakars ar Čārlza Dikensa reinkarnēšanos jaunībā?" Viņš vilcinājās. Viņš atkal vilcinājās. "Vai Lia saņems transportu? Vai vienradzis Mazā Dorita atgriezīsies, ja/ja mēs piekritīsim jums palīdzēt?" Tas bija daudz runāšanas. Viņu pārņēma slāpes, un viņš vēlējās, lai būtu paņēmis līdzi ūdens pudeli.

POP.

Viena parādījās. Viņš to izdzēra atpakaļ, pateicis "Paldies," nevienam neteicis.

Reiki jautāja: "Vai tu esi kādreiz dzirdējis par Erineju?"

E-Z pakratīja galvu.

"Pazīstamas arī kā Fūrijas," teica Hadžs.

"Man nav ne jausmas, kas tās ir... bet man ir miglaina atmiņa, varbūt kaut kas no kādas spēles?"

"Tās ir pazīstamas kā atriebības dievietes."

"Pastāsti man vairāk. Kam viņas atriebjas?"

"Kāpēc, uz visu cilvēku rasi!" Hadžs nopūtās.

"Mēs ar draugiem par to runājām jau agrāk. Lielākā daļa cilvēku nezina par Dvēseļu ķērājiem. Lielākā daļa uzskata, ka mums ir dvēseles. Dvēseles, kas nonāk vai nu debesīs, vai ellē - atkarībā no mūsu dzīves izvēlēm."

"Jā, mēs to zinām," sacīja Hadžs.

"Tad pastāstiet man," E-Z lūdza. "Kur šajā visā ir Dievs? Dievs vai Jēzus, Allāhs, Buda... neatkarīgi no tā, kā jūs viņu pazīstat. Kur viņš ir?"

Hadzs un Reiki skatījās uz priekšu, neatbildot.

"Labi, es saprotu, ka jūs nevarat atbildēt uz šo jautājumu. Tā vietā atbildiet man uz šo. Kāpēc dievietes soda cilvēkus, izmantojot kaut ko tādu, ko viņi pat neapzinās? Es saprotu, ka viņas ir ļaunas, bet tas tomēr izklausās smieklīgi."

"Bērni," sacīja Hadžs.

"Viņi soda nesodītos. Bet..."

"Ak, es gaidīju, ka būs "bet"... Turpini."

"Fūrijas ļaunprātīgi izmanto savas pilnvaras. Pārkāpj robežas. Viņu mērķis ir nevainīgi cilvēki. Nevainīgi bērni, kas spēlē spēli."

"Pagaidiet, vai jūs vēlaties teikt, ka bērni, kas spēlē spēles, tiek sodīti par to, ko viņi dara spēles laikā? Bet spēle taču nav reāla! Kā viņus var sodīt reālajā dzīvē par kaut ko, kas nav reāls?"

"Es to zinu, un tu to zini, bet Furijai tas ir viens un tas pats. Ja spēlē, lai kādu nogalinātu, tu iziet cauri tādam pašam domāšanas procesam, kā to darītu slepkava. Tas ietver plānošanu, ar nodomu nogalināt un pēc tam to īstenot. Dažos gadījumos ir iesaistītas masveida slepkavības. Un jā, tie ir nevainīgi, un viņiem tiek prasīts darīt šīs lietas, lai spēlē tiktu tālāk. Fūrijām bērni ir nesodītie, un viņi ir godīga spēle, kad viņi ir spēles iekšienē."

"Pagaidiet!" E-Z iesaucās. "Ko tieši jūs te sakāt? Man šķiet, ka es saprotu būtību, kā Dvēseļu ķērāji iederas, bet šī doma ir tik ļauna... es pat negribu to domāt, nemaz nerunājot par to, ka to gribētu pateikt.”

“Fūrijas atriebjas spēļu spēlētājiem. Tiem, kas ir grēkojuši savās sirdīs,” sacīja Reiki. “Viņiem nav lemts mirt! Viņu Dvēseļu ķērāji nav gatavi pieņemt viņu dvēseles, un tāpēc...”

“Viņiem nav, kur iet,” sacīja Hadžs.

“Un Fūrijas tās te pulcina, izveidojot savu Dvēseļu cilti. Viņi glabā bērnu dvēseles nozagtajos Dvēseļu ķērājos.”

“Tas rada haosu,” sacīja Hadžs.

“Tāpēc jums, bērni, ir jāpalīdz.”

“Pagaidiet!” E-Z sacīja. “Pagaidiet, pagaidiet!”

NODAĻA 25
FOUR EYES

"Oh, o, o," Hads iesaucās, jo tumšs mākonis strauji virzījās pāri debesīm un devās viņu virzienā.

"Viņi nevarēja izlauzties cauri aizsargvairogam!" Reiki iesaucās.

E-Z paskatījās pāri plecam. Tas, ko viņš ieraudzīja, bija kaut kas melns, kas nebija mākonis. Jo tas bija čūskveidīgs. Ar dakšainu mēli, kas laizīja gaisu. Divu acu vietā tam bija daudz acu. Pārāk daudz, lai saskaitītu. No katras no tām pilēja asinis. Asinis un tvaicējoši dzelteni strutas.

Tā mēle pārvietojās no labās uz kreiso pusi. Izdarot pīkstēšanas skaņu, kamēr tās žokļi atvēra un aizvēra spaiņus. Un no tās rīkles atskanēja kņudinoša skaņa, kas mijās ar čīkstēšanu un bļaustīšanos.

Ar vēju aiz muguras gaisu piepildīja visnepatīkamākā smaka, kas drīz vien sasniedza E-Z, Hadža un Reiki nāsis.

Smārds bija ļoti nepatīkams. Sliktāka par sēru. Vai sapuvušas olas. Pretīgāks par septisko šķidrumu un pūstošiem līķiem kopā.

Trijotne pakāpās augstāk, lai varētu redzēt aiz grēdas, ko iepriekš nebija pamanījuši. Aiz tās atradās sudraba tvertnes. Dvēseļu ķērāji. Tik tālu, cik vien acs varēja saskatīt.

"Tik daudz! Vai tie visi ir piepildīti ar bērniem? Ak, nē!" E-Z sacīja ar deguna toni, jo viņš joprojām aizsprostoja degunu. Lai gan viņš joprojām varēja sajust smaku.

PTOOEY.

Viņi izvairījās no dzeltenā strūklas strūklas.

"Kas tas, pie velna, ir?" E-Z iesaucās.

Zemāk bija redzama milzīga acs ābola. Tā bija aizvērta. Slēpta.

PTOOEY. PTOOEY. PTOOEY.

"Ak nē!" E-Z iesaucās. "Acu ērcītes!"

Tas šāvās uz viņiem, izšaujot karstu, lipīgu šķidrumu.

"Turieties!" Hadz un Reiki kliedza.

Katrs no viņiem satvēra pa vienai E-Z ausij.

"Ahhhhhhh!" viņš kliedza.

PTOOEY.

E-Z izvairījās no šā bumbulīša, bet tas gandrīz saskrējās ar viņa ratiņkrēslu.

FIZZLE.

POP.

POP.

E-Z atkal bija atpakaļ savā gultā. Viņam pa pieri pilēja sviedru pilieni.

Tikmēr Alfrēds turpināja šņākāt gultas galā.

"Tas bija pārāk tuvu, lai būtu ērti!" E-Z teica. "Vai viņi pārvarēja aizsargsienu? Vai viņi mūs redzēja? Vai viņi zina, kas es esmu, kur es dzīvoju?"

"Nē, mēs izkļuvām no turienes, pirms viņi paspēja izkļūt cauri," sacīja Reiki.

"Varbūt tas ir muļķīgs jautājums, bet kāpēc jūs mūs vienkārši POP neielaidāt un neizlaidāt no turienes jau pašā sākumā. Tā vietā, lai aizlidošanai līdz turienei veltītu laiku un apdraudētu mūsu dzīvības?"

"Mums vajadzēja jums RĀDĪT."

"Pirms kaujas… Kā jūs to saucat…"

"Jūs domājat izlūkošanu?" E-Z jautāja.

"Jā, tieši tā. Mums vajadzēja jums parādīt. Jums bija tas jāredz, savām acīm. Visu. Pret ko tu esi nostājies," teica Hadžs.

"Mēs domājām, ka tas, ko jūs uzzināsiet, būs riska vērts."

"Domāju, ka to rādīs laiks," sacīja E-Z.

"Atvainojiet, ja mēs aizgājām pārāk tālu," sacīja Hadžs.

"Mums patiešām bija jūsu intereses."

"Es zinu, ka tā. Un es priecājos, ka redzēju Dvēseļu ķērājus. Tas, cik daudz viņu bija, mani patiešām šokēja."

"Jā, tas šokēja arī mūs. Un tu vari būt drošs, ka tas šokēja arī erceņģeļus. Kad viņi to pirmo reizi ieraudzīja."

"Tev nevajadzēja tā teikt," sacīja Reiki.

POP.

Hadžs pazuda.

"Ak, tagad viss ir kārtībā," sacīja E-Z.

"Nekas nav svarīgi."

"Es joprojām nevaru saprast, ko no tā iegūst Furijas? Kāds ir viņu mērķis? Vai kāds to jau ir noskaidrojis?"

"Viņi katru dienu pievieno arvien vairāk. Vairāk bērnu, kas spēlē spēles, iesūcas viņu tīklā."

"Bet kāpēc nav sabiedrības protestu? Vai mums nevajadzētu par to pastāstīt pasaules līderiem, prezidentiem, premjerministriem? Vai viņi neko nevarētu darīt?"

"Padomājiet, kas būtu pirmais, ko viņi darītu? Viņi nosūtītu armiju. Iemirtu vēl vairāk cilvēku. Vairāk Dvēseļu ķērāju, kas vajadzīgi pirms sava laika.

"Spēļu spēlēšana no tā, ko esam novērojuši, ir pasaules mēroga parādība. Ļaunās māsas paņem dvēseles no neko nenojaušošiem bērniem."

"Bet lielākajai daļai vadoņu ir savi bērni," sacīja E-Z. "Protams, ja viņi zinātu, viņi gribētu pasargāt savus bērnus un gribētu pasargāt arī citus bērnus."

"Drīzāk Furijas būtu nulle uz viņu bērniem. Tas būtu tāpat kā bīdīt viņiem priekšā spieķi," sacīja Reiki.

POP.

Hadžs bija atpakaļ.

"Viņiem patiktu, ja viņi varētu iznīcināt lielos un varenos bērnus. Šobrīd šķiet, ka tas, ko viņi dara, ir nejaušība - izvēlēts spēles ietvaros," sacīja Reiki.

"Pastāsti man vairāk par to, ko tu par viņiem zini." E-Z lūdza.

Hadžs čukstēja: "Viņu vārdi ir Allija, Meg un Tisi. Allijas atriebība ir dusmas, Megas - greizsirdība, bet Tisi ir pazīstams kā atriebējs."

"Labi, tad kāpēc viņi tik slikti smaržo? Un kā tos trīs var sakaut?" E-Z jautāja, skatoties uz savu pulksteni. Tikko tuvojās astoņi no rīta. viņam vajadzēja aprunāties ar pārējiem bandas locekļiem, lai atgūtu Rozāliju. Kā viņš grasījās viņiem pastāstīt par šo briesmīgo trijotni un visiem bērniem šajos Dvēseļu ķērājos?

"Leģenda vēsta, ka viņus sodīja par to, ka viņi savulaik darīja savu darbu. Tagad viņi ir atraduši šo nepilnību ar Virtuālo realitāti, kas ir jauns cilvēku izgudrojums." Hadžs vilcinājās. "Kāpēc cilvēki nekad nevēlas dzīvot savu dzīvi tagadnē? Kāpēc viņiem ir jābēg un jāspēlē muļķīgas spēles, kas apdraud viņu dzīvības?" Eņģeļa gribētājs bija apsarkanis un ārkārtīgi noskumusies."

Reiki mēģināja mierināt savu draugu, sakot: "Viņi nezina, ko dara."

"Nezināšana nav attaisnojums," sacīja E-Z. "Mums viņi ir jānosūta atpakaļ tur, kur viņi bija pirms VR izgudrošanas. Un mums viņiem ir jāatdod atpakaļ to bērnu dvēseles, kurus viņi ir aizveduši ar viltus izdomājumiem. Vienīgā problēma ir tā, KĀ mums viņus pārliecināt, ka viņi rīkojas nepareizi? Ka viņi laupa dzīvības un soda cilvēkus par domām, nevis darbiem?

"Tagad, kad esmu ieskatījusies Fūrijās, - es zinu, ka mums ir jāpalīdz jums vairāk nekā jebkad agrāk. Bet man vēl ir jāpārliecina pārējie. Pat ja viņi piekritīs, mēs joprojām cīnāmies pret pārspēku. Es gribu būt pozitīvi noskaņots. Teikt, ka mēs esam gatavi šim uzdevumam. Bet mēs to droši nezināsim, kamēr pienāks laiks cīnīties."

Viņš sasita spilvenu un turēja to klēpī. "Pagaidi, vai viņi nomira? Es domāju, vai Fūrijas izbēga no saviem Dvēseļu ķērājiem? Un, ja tās izbēga, tad kā? Kas palīdzēja viņiem izkļūt?"

Hadžs paskatījās uz Reiki, un Reiki paskatījās uz Hadžu.

POP.

POP.

Viņi bija pazuduši.

"Lieliski!" E-Z teica. "Vienkārši fantastiski!"

NODAĻA 26
BALANCE

Lai gan viņš centās gulēt, E-Z nevarēja. Viņš turpināja domāt, uzdodot sev jautājumus. Jautājumus, uz kuriem viņš nespēja atbildēt.

Tāpēc viņš piecēlās no gultas, klikšķināja uz datora un sāka rakņāties.

Drīz vien viņš nonāca pie zelta. Kad viņš atrada saiti "Fūrijas un trīs žēlastības. Viņas šķita kā viena otra iņ un jang. Viens labs, otrs ļauns. Viņš aizdomājās, ka viņi varētu izmantot šo informāciju savā labā. Ja ļaunās dievietes varēja atvest uz zemes, vai varētu arī labās dievietes aicināt atpakaļ?

Vispirms, pirms viņš ierosināja arhaņģeļiem tās atvest atpakaļ - ar nosacījumu, ka viņi to varētu izdarīt. Viņš vēlējās precīzi zināt, ko Grāces varētu dot.

Jā, viņas bija dievietes. Debesu dieva Dzeusa meitas. Viņu spēki bija vērsti uz valdzinājumu, skaistumu un radošumu. Viņš lasīja tālāk, bet nevarēja saprast, kā viņas varētu palīdzēt pret Fūrijām.

Tomēr viņam bija nedaudz laika, tāpēc viņš turpināja lasīt. Viņš izlasīja kādu tekstu, kas tika piedēvēts Nīčes darbam. Viņa teorijas par labo un ļauno joprojām tika apspriestas un apspriestas forumos.

Tad viņa galvā ienāca atmiņas. Tas notika arvien retāk, atmiņas atgriezās par viņa vecākiem. Viņš cerēja, ka tās nekad nebeigsies.

Šī bija saruna ar viņa tēvu. Par Ņūtona Trešo likumu. Viņi bija aizbraukuši ar laivu un makšķerēja.

"Tas ir veids, kā zivs virzās pa ūdeni," paskaidroja tēvs.

Kopš tā laika viņš par to bija uzzinājis vairāk skolā. Viņš domāja, ka Ņūtonam un Nīčam būtu bijušas diezgan interesantas sarunas. Taču viņu dzīves šķīra tūkstošiem gadu.

Tad viņam ienāca prātā. Viņš, Lia un Alfrēds bija pretstats Fūrijām.

Vai erceņģeļi to jau zināja? Vai tāpēc viņi šķita tik uzstājīgi, ka tikai viņš un viņa komanda var uzvarēt Fūrijas?

Tomēr viņa prātā vēl aizvien virmoja jautājums - vai viņi varētu uzvarēt?

Vai vispār bija iespējams apturēt Fūrijas?

Viņam vajadzēja par to aprunāties ar pārējiem.

Viņš izslēdza datoru un devās atpakaļ, lai mazliet pamostos, pirms pārējie pamodās.

Visi gaidīja, ka viņam būs visas atbildes. Viņam to nebija, bet viņš darīja visu, ko varēja. Kopš viņš kļuva par vadītāju, dzīve bija tāda.

NODAĻA 27
SARKANĀ ISTABA

E-Z atradās sarkanā telpā. Telpā, kas smaržoja pēc asinīm. Spēcīgā dzelzs smaka sāpēja viņa degunu, un viņš to aizsedza ar roku, tad pavirzījās dažus soļus uz priekšu. Viņa soļi atstāja pēdas pa asiņaino grīdu. Kur viņš atradās? ellē? Vismaz šeit viņš varēja skriet, bet kurp? Durvju nebija. Nav logu. Nekādas gaismas, un tomēr viņš redzēja, ka viss ir sarkans. Un mitrs.

Viņš izvilka telefonu un uzklikšķināja uz lukturīša lietotnes. Izmantojot lukturīša staru, viņš sekoja sienām visapkārt. Tās visas bija vienādas. Asiņainas un pilinošas. Un smirdošas. Viņš gaidīja. Zvanīt pēc palīdzības nelikās prātīgi. Viņam varētu būt labāk, ja tas, kas viņu atveda uz šo vietu, nenāktu viņam pretī. Viņš labprātāk tos nesastaptu. Zibspuldzes stars izslēdzās, un viņa telefons izsīka. Baidīdamies kustēties, viņš stāvēja nekustīgi un klausījās.

Kaut kas rāpoja. Rāpošana pa grīdu. Viens nolaidās pa sienu pa labi, otrs pa kreisi. Trīs. Čūskas.

Tad gaiss telpā mainījās, un radās pazīstama smarža. Grimstoša. Eņģu. Sērīga. Pūstoša liemeņu gaļa.

Viņš aizsedza degunu. Tāpat kā iepriekš, tas nespēja noslēpt atbaidošo smaku.

Viņš gaidīja.

Tātad viņi gribēja, lai viņš paliek viens. Viņš viņiem bija. Viņš gādās, lai viņi to nožēlo, ja tas būs pēdējais, ko viņš jebkad darīs.

"Mēs varētu apēst tevi brokastīs," Tisi kliedza.

"Vai pusdienās," sacīja Alli. "Galu galā es esmu mazliet izsalcis."

"Vai pēcpusdienas tēju, viņa nav daudz. Ne mums trijiem dalīties," sacīja Meg.

E-Z koncentrēja visas savas būtības šķiedras uz spārniem. Tie bija viņa vienīgā cerība izglābties, un tie bija bezjēdzīgi.

"Paskaties!" Meg sašņācās. "Viņš mēģina izmantot savus niecīgos spārnus."

Tisi un Alli pacēlās. Meg pievienojās viņām, kad tās pacēlās tieši ārpus viņa redzesloka.

Zem viņa kājām grīda drebēja un dungoja. It kā tā grasījās atvērties un norīt viņu. Viņš atkāpās, lai atspiedies pret sienu. Bet, kad viņš tai pieskārās, viņa krekls kļuva slapjš. Un, kad viņš uz tā uzlika roku, tā atgriezās asiņaina.

"Es nebaidos, no jums trim kucēm!" viņš kliedza.

"Varbūt jūs nebaidāties no mums - pagaidām..." Megija nopriecājās.

"Bet jūs ļoti drīz baidīsieties," Tisi sūkstījās.

"Pagaidām tu vari tikt galā ar šīm trim," Mege čukstēja, un viņas nepatīkamā elpa gandrīz lika viņam vemt.

Trīs čūskas, izmantojot augstuma sviras, metās viņam pretī. Viņu sazarotās mēles sūkstījās un spļaudījās. Tad tās sāka apvīties viena ap otru. Savienoties, savijoties. Līdz tās kļuva par vienu milzīgu čūsku ar trim galvām un trim pātagām. Ķepām, kas plīsa E-Z virzienā, lai noturētu viņu savā vietā.

Viņš atkāpās atpakaļ. Dzirdot aiz sevis čaukstošās asinis, viņš kaut kādā veidā guva mierinājumu. Viņa ķermenis atslābinājās, kad mugura iegrima stūrī pret asiņaino, pilinošo sienu.

"Paskaties uz viņu," teica Tisi. "Viņš ir tikai zēns un nevienam neko ļaunu nav nodarījis. Patiesībā viņš ir tik labs, ka ir žēl, ka mums viņu ir jāiznīcina."

"Jā, viņa sirds ir tīra," sacīja Meg. "Bet viņa sirdī ir melns plankums. Atriebības plankums, ko viņš gribētu atriebties tiem, kas bija atbildīgi par viņa vecāku nāvi." "Tas ir melns plankums," teica Meg.

"Nerunā par maniem vecākiem!" E-Z kliedza, iebīdams sevi vēl dziļāk asiņainajā sienā. Viņš baidījās. Baidījās, ka tas, ko viņi runāja, bija taisnība. Viņš aizvēra acis. Ja viņš viņus neredzētu, tad varbūt viņi aizietu prom. Tad kaut kas aiz viņa pakāpās. Un viņš sāka brīvi krist atpakaļ. Krītot. Krītot.

THUMP

Viņš piezemējās ratiņkrēslā, un viņi aizlidoja.

Sarkanajā istabā Fūrijas bija niknas!

"Sekojiet viņam pakaļ!" Tisi kliedza.

"Gūstiet viņu!" Meg sauca.

"Ir par vēlu!" Alli sacīja. "Viņš it kā pazuda!"

"Dodamies atpakaļ uz Nāves ieleju," sacīja Meg. Viņi aizgāja, atstājot Sarkano istabu tukšu. Taču viņu smārds vēl aizvien bija jūtams.

TUMP.

"Tu asiņo," teica Sems. "Aizvedīsim viņu uz vannas istabu. Mēs varam redzēt, cik smagi viņš ir ievainots." Sems stūma ratiņkrēslu durvju virzienā.

"Nē, apstājies!" E-Z sacīja. "Ar mani viss ir kārtībā. Asinis nav manas. Bet man vajag nomazgāties. Nomazgāt smaku. Tad es paskaidrošu, kas notika. Es apsolu."

"Tik ilgi, kamēr esi pārliecināta, ka ar tevi viss ir kārtībā," teica Sems.

Pēc viņa aiziešanas Sems, Lia un Alfrēds nespēja izdomāt, ko viens otram teikt. Viņi klusībā gaidīja, kad viņš atgriezīsies.

Vannas istabā E-Z novietoja savu ratiņkrēslu uz rampas. Kad viņi pārbūvēja māju, tēvocis Sems izgudroja viņam jaunu dušu. Tā deva viņam lielāku neatkarību. Un tas bija jautri! Līdzīgi kā automazgātavā.

Viņš pacēlās uz augšu un izlaida rokas un kaklu caur siksnām. Viņš nospieda pogu, lai virzītos uz priekšu, un krēsls sekoja viņam. Tūlīt sāka tecēt ūdens. Vienlaikus mazgājot viņa ķermeni un drēbes. Ik pa brīdim izšļakstīja dušas želeja vai šampūns, kam sekoja ūdens, lai to nomazgātu.

Tagad, kad viņš bija tīrs, viņš turpināja kustēties uz priekšu un iedarbināja žāvēšanas mehānismu. Tas izžāvēja viņu un viņa drēbes un dažu minūšu laikā padarīja tās bez grumbiņām.

Kad viņš sasniedza galu, viņš atvienojās no siksnām un nokrita krēslā. Viņš pārbaudīja sevi spogulī. Viņa mati jau izskatījās tik labi, ka viņam tie pat nebija jāķemmē. Viņš devās atpakaļ uz savu istabu. Kad viņš ieraudzīja savus draugus, kuņģis sastinga, un viņš sāka vemt.

"Atvainojos," viņš teica. "Ļoti žēl."

Lia un Alfrēds apskāva viņu ap rokām. Viņi neuztraucās par vemšanu. Atdevušies draugi par tādām lietām neuztraucas.

Sems aizgāja atnest bļodu un ūdeni, lai nomazgātu savu brāļadēlu.

E-Z bija pateicīgs par palīdzību, un tas deva viņam laiku padomāt, ko un kā viņš teiks.

"Paldies, tēvoci Semi. Uh, kas man tev jāsaka. Tas nav skaisti."

"Runā," Alfrēds teica.

"Mēs esam šeit, lai tevi sagaidītu," sacīja Lia.

"Apsēdies, tēvoci Semi."

Viņi visu uzskaitīja, nesakot ne vārda.

"Es esmu iekšā," teica Alfrēds.

"Arī es," sacīja Lia.

"Es trīs," teica Sems.

"Piekrītu," sacīja E-Z. Un pēc sekundes viņš jau bija ceļā atpakaļ uz balto istabu. Vai arī viņš cerēja, ka tieši turp viņš dosies.

Jebkur citur bija labāk nekā sarkanajā istabā. Jebkur vispār.

NODAĻA 28
BALTĀ ISTABA

Kad viņa kājas pieskārās zemei, baltā telpa šķita kaut kā citāda.

E-Z jutās tik laimīgs, ka ir atgriezies baltajā istabā. Kur viņš varēja staigāt. Pieskarties grāmatām. sajust grāmatu smaržu. Bet kaut kas šķita dīvains. Izslēgts.

Viņš nostabilizējās. Pamanīja, ka viņam trīc rokas. Viņa ceļgali trīcēja. Tagad viņa zobi šķobījās.

Viņš apskāva sevi ar rokām un vēlējās, lai butu paņēmis līdzi jaku. Viņš gaidīja, gaidīdams, ka kāda atnāks. Tā neatnāca.

"Kas ir šī vieta?" viņš jautāja.

Atbildes nebija.

"Siera burgers ar frī kartupeļiem," viņš teica.

Nekā.

"Chop suey, ar olu rullīti," viņš teica ar lielāku autoritāti.

"Es vēlos zināt, kur es esmu!" viņš iesaucās.

Nekā.

Nadda.

"Rozālija?" viņš sauca. "Vai tu esi tur? Eriel? Rafaēls? Vai kāds? Hads? Reiki?"

Atkal nekā.

Pat pieklājīga PFFT, kas liktu viņam atslābināties.

Grāmatu pazīstamība bija vienīgais enkurs, kas viņu turēja šajā vietā. Viņš aizgāja līdz kāpnēm, pakustināja tās zem Ds. Gaidīdams atrast Čārlzu Dikensu, viņš sāka kāpt. Tā vietā viņš atklāja, ka katra grāmata, kurai viņš pieskārās, bija saistīta ar spēļu pasauli.

Kas tad?

Un nevienai no grāmatām nebija spārnu. Tās visas bija pavisam jaunas. It kā neviens pirms tam tās nebūtu atvēris.

Viņš gandrīz nokrita no kāpnēm, kad atskanēja balss,

"E-Z Dikenss - šī nav tā baltā istaba, kas jums pazīstama. Tā ir replika. Jūs esat nosūtīts šeit, lai veiktu izpēti. Ikviena grāmata, kas jums vajadzīga, ir jums pa rokai. Katra grāmata ir jāizlasa un jāpārskata pilnībā."

"Es nevaru ātri izlasīt visas šīs grāmatas, man būtu vajadzīgi gadi, lai pārlasītu visas šīs grāmatas!" "Es nevaru ātri izlasīt visas šīs grāmatas!

"Tāpēc tev tiks dots papildu spēks. Spēks, kas īstenosies tikai šīs telpas sienās. Lasiet tagad. Ātri. Dusmīgi. Iegaumējiet to visu."

Kad balss beidzās, atskanēja cita,

"Desmit, deviņi, astoņi, septiņi, seši, pieci, četri, trīs, divi, viens. Tagad lasiet E-Z Dikensu. Sāc ar to."

E-Z ātri pārlasīja katru grāmatu.

Kad viņš pabeidza vienu, viņa rokās nekavējoties nonāca vēl viena. Tad vēl viena, un vēl viena.

Viņš izlasīja tās visas, līdz vairs nespēja lasīt.

Viņš cerēja, ka viņa galva nesprāgs!

Tad viņš krita pret sienu, atspiedās stūrī un raudāja, kamēr viņa prātā veidojās plāns.

Ideja radās, kad viņš domāja par PJ un Ardenu. Kāpēc Fūrijas bija iedzinušas viņus komās, nevis Dvēseļu ķērājos? Viņi bija spēlē - viņi visu laiku spēlēja spēles, kāpēc gan viņus nenogalināt?

Plāns bija šāds: Viņš un viņa komanda izgudros savu vairāku spēlētāju spēli. Sems zinātu cilvēkus, kas varētu palīdzēt šajā nozarē. Kad Fūrijas iebruktu, lai pieprasītu viņu dvēseles, viņi tos nokautu.

Viņš vēlējās, lai Ardens un PJ būtu tur, lai spēlētu kopā ar viņu - jo viņi viņam atbalstītu. Tas bija labi, viņam bija viņu muguras. Viņš grasījās viņus glābt un atbrīvot.

Viņš soļoja turp un atpakaļ, visu pārdomādams. Viens aspekts nedarbotos. Ja viņš iesaistītu viņu spēlē un atteiktos nogalināt - viņi būtu viņam uzbrukuši. Un tas varētu apdraudēt arī citus.

Viņš taču nevarēja pateikt visiem pasaules spēļu spēlētājiem, lai pārtrauc spēlēt. Ja viņš pateiktu viņiem patiesību par trim dievietēm, kas mēģina nozagt viņu dvēseles, viņi viņu ieslodzītu cietumā.

Tomēr tā bija vienīgā doma. Vienīgais skaidrs ceļš, ko viņš varēja saskatīt, lai uzvarētu Fūrijas viņu pašu spēlē.

Atkāpjoties no tā, ka viņš nevarēja izdomāt neko labāku, viņš teica: "Izved mani no turienes."

Un tieši tā viņš palika viens pats īstajā baltajā telpā kopā ar Rozāliju un Rafaelu. Viņš brīnījās, kur ir Ēriels, ne jau tāpēc, ka viņam viņa pietrūka.

"Labi, man ir ideja. Kaut kāds plāns," viņš teica. "Bet es neesmu pārliecināts, vai tas darbosies. Man vajadzīgas atbildes uz diviem jautājumiem. Un man ir lūgums par trešo - lūgums nav apspriežams."

"Jautājiet," teica Rafaels.

"Pirmkārt, vai es spēšu glābt savus labākos draugus PJ un Ardenu, ja mēs stāsimies pretī Fūrijām?"

Rafaels pirms runāšanas vilcinājās. "Ja tev izdosies, nav iemesla, kāpēc tavi draugi netiks izglābti." "Ja tev izdosies, nav iemesla, kāpēc tavi draugi netiks izglābti."

"Krustu šķērsu?" viņš teica.

Viņa to izdarīja.

"Kā es jau nojautu, viņu stāvoklis ir Fūrijas vaina. Vai tā ir taisnība?"

"Jā, mēs uzskatām, ka tā ir taisnība. Taviem draugiem savā ziņā paveicās, jo viņu dvēseles palikušas neskartas. Mēs nevaram noskaidrot, kāpēc, tas ir, ja viņu mērķis bija Fūrijas. Visos citos mums zināmajos gadījumos viņi ir paņēmuši bērnu dvēseles. Mēs nezinām nevienu citu, kas būtu palicis dzīvs komatozā stāvoklī, kā tavi draugi."

"Man ir doma arī par to, bet man ir jāzina, ja Fūrijas tiks sakautas, kas notiks ar PJ un Ardenu? Kas notiks ar visiem bērniem, kuru dvēseles jau atrodas dvēseļu ķērājos? Viņiem nebija paredzēts mirt. Un kas notiks ar bezpajumtnieku dvēselēm?"

"Šobrīd Fūrijas izmanto interneta spēku. Tas dod viņiem piekļuvi ikviena cilvēka sirdīm un mājām uz planētas. Tas ir tā, it kā jūs visi būtu atstājuši savas durvis un logus vaļā - lai jebkurš varētu iekļūt. Tiesa, Fūrijas ir tikai trīs, taču viņu spēks ir liels. Tās ir mītiskas būtnes, dievietes, kuru pirmsākumi meklējami Zevsā. Jūs taču esat dzirdējuši par Dzeusu, vai ne?"

"Es lasīju, ka viņš bija debesu dievs un Triju Grāšu tēvs. Vai tās varētu mums palīdzēt, ja tu tās atvestu?"

"Zevs nav iesaistīts šajā lietā. Viņa meitas arī nav. Mēs, erceņģeļi, ar laiku nespēkojamies. Un mēs vienmēr uzskatījām, ka Dvēseļu ķērāji ir svēti. Neaizskarami. Līdz šim."

"Lieliski, tātad jūs domājat, ka mani draugi ir kļuvuši par Furiju mērķi, bet jūs neesat īsti pārliecināts. Ne vairāk kā es, vai ne?"

"Pareizi. Tāpēc, ka es nevaru simtprocentīgi pateikt "jā" vai "nē". Ja tavi draugi spēlēja spēles. Es domāju, nogalinot spēļu ietvaros... Tad viņi atbilstu Furiju kritērijiem.

"Bet, ja viņi gribētu viņus nogalināt, viņi jau būtu miruši. Ja vien... nē, tam nebūtu jēgas. Tas nozīmētu, ka viņi zina par jums un jūsu komandu. Nav iespējams, ka viņi to zinātu. Mēs to esam turējuši slepenībā. Ja viņi zinātu, tad viņi turētu tavus draugus dzīvus gadījumam, ja viņiem būtu vajadzīga ietekme."

"Jūs domājat, ka tas būtu kā kaulēšanās līdzeklis?"

"Iespējams, ja godīgi, es nezinu. Kā jau teicu, mēs visu par tevi un tavu komandu esam turējuši slepenībā. Mēs, ieskaitot mani un pārējos erceņģeļus, darītu visu, lai jūs aizsargātu.

"Furijām gadsimtu gaitā ir piešķirtas pilnvaras. Bet tās nekad nav bijušas vērstas pret nevainīgiem bērniem. Tās nekad nav izkropļojušas savu dienaskārtību, lai tā atbilstu viņu pašu mērķiem."

"Kādi ir viņu mērķi?" E-Z jautāja.

"To mēs nezinām."

E-Z sacīja: "Tāpēc mums ir vajadzīga vislabākā iespēja, lai uzvarētu pret viņiem."

"Tieši tā, bet ar katru dienu viņi nozog arvien vairāk bērnu dvēseles, un viņi paātrina šo procesu."

"Par cik daudz?" E-Z jautāja.

"Mēs domājam, ka par tūkstošiem, bet drīz tas būs miljoniem. Drīz būs par vēlu viņus apturēt."

"Labi, es saprotu, kas šeit draud, bet mēs esam tikai bērni un negribam akli iejaukties. Mēs esam mirstīgi, un viņi arī. Mums ir jādomā, jāapsver visas iespējas, pirms mēs riskējam ar savām dzīvībām." "Mums ir jādomā.

"Mēs saprotam, un, kā jau teicu, mēs jums atbalstīsim."

"Tagad par manu nākamo jautājumu, es gribu zināt, ko man darīt ar desmit gadus veco Čārlzu Dikensu?" "Es gribētu zināt, ko man darīt ar desmit gadus veco Čārlzu Dikensu?"

"Ak, tas," Rafaels sacīja. "Pirmkārt, mums nav nekāda sakara ar viņa reinkarnāciju. Mums ir vēl kāda teorija, turklāt tā, ko mēs jums izstāstījām, proti, ka jūs viņu izsaucāt. Mēs domājam, vai viņa atgriešanās nebija kļūda no viņu puses. Varbūt Visums atvērās un sūtīja viņu jums palīgā kā līdzsvaru. Galu galā viņš ir asinsradinieks. Un viņš ir stāstnieks un sižeta meistars. Iespējams, viņam ir instrumenti un atziņas, par kurām jūs vēl nezināt, lai palīdzētu jums pārspēt Fūrijas." "Viņš var palīdzēt jums uzvarēt Fūrijas.

E-Z rūpīgi izvēlējās vārdus. "Bet viņš ir bērns. Viņš vēl nav uzrakstījis nevienu darbu. Viņš novērsīs uzmanību, turklāt viņš ir no citiem laikiem un var apdraudēt mūs un mūsu misiju." "Viņš ir no citiem laikiem," sacīja.

"Tas ir atkarīgs," teica Rafaels. "Viņš varētu būt slepens ierocis. Viņš ir šeit, lai jūs. Ja tu viņam ticēsi. Ka viņš ir dzimis, lai kļūtu par rakstnieku. Tad desmit gadu vecumā viņam jau būs visas nepieciešamās prasmes. Izmantojiet viņu savā labā, ja jūs tā nolemsiet."

E-Z sadevās rokās. "Vai jūs sakāt, ka mums vajadzētu izmantot manu brālēnu kā ēsmu?"

Rafaēls smējās un plīvurēja, izraisot nevajadzīgu vēju.

"Palīdzētu, ja tu pārstātu tik daudz plīvot," sacīja Rozālija. "Es esmu apklāts ar džemperiem, tomēr man šeit nav silti. Starp citu, es gribētu doties mājās. E-Z un pārējie ir piekrituši, tāpēc es savu daļu esmu izdarījusi. Tagad, tik ilgi, atvadas. Ļaujiet man doties mājās."

BINGO.

Rozālija pazuda un piezemējās atpakaļ savā istabā. Viņa domās sarunājās ar Lia, sakot, ka ir atgriezusies neskarta un tagad grasās pagulēt.

E-Z iedomājās par vēl vienu neapstrīdamu prasību.

"Es gribu, lai Hadžs un Reiki ir kopā ar mani, mūsu komandā."

Rafaels pasmaidīja. "Hadzu un Reiki ar Ēriēlu saista mūsu vadonis Maikls."

"Tad ļaujiet man ar viņu aprunāties. Šie divi mums ir palīdzējuši. Viņi nāk, kad es viņus aicinu. Ja mēs gatavojamies cīnīties pret seno ļaunumu, mums ir vajadzīgi šie divi mūsu pusē, lai mums palīdzētu."

"Maikls nevar ar jums runāt. Tomēr es izvirzīšu jūsu lūgumu. Ja viņš uzskatīs to par nepieciešamu, viņš man paziņos, un es savukārt paziņošu jums. Vai ir vēl kaut kas?"

"Jā. Man ir jāzina, kā atbrīvoties no Fūrijām. Vai mums ir paredzēts tās nogalināt? Nosūtīt tās atpakaļ, lai no kurienes tās būtu nākušas? Ko tieši jūs lūdzat, lai mēs darām ar šīm dievietēm?"

"Sasiet tās, turēt - un mēs darīsim pārējo. Ja tavs plāns darbojas, tad mums vajadzētu spēt pārņemt Dvēseļu ķērāju kontroli. Mēs atjaunosim visu tā, kā tas bija."

"Ko darīt ar tiem, kas nomira priekšlaicīgi?"

"Visi tiks izlīdzināti... kad ienaidnieki būs neitralizēti."

"Pirms jūs mani aizsūtāt atpakaļ," E-Z sacīja, "man vajag kaut ko, kaut kādu apdrošinājumu, ka jūs mums vairs nepārkāpsiet pāri. Šādai apdrošināšanai bija paredzēts dot mums Hadžu un Reiki, bet, tā kā jūs to nevarat man dot, tad man vajag kaut ko citu. Kaut ko, ko es varētu aiznest atpakaļ pārējiem un teikt, ka šis ir pierādījums, ka viņi mūs neapgāzīs, kā to darījuši iepriekš."

"Kā ko?"

"Tavām brillēm vajadzētu pietikt," viņš teica.

Rafaēla nokrita uz ceļiem, viņas spārni pārstāja plīvot un atplauka. "Ne tas, nekas cits, tikai tas," viņa iesaucās. "Bez savām brillēm es tev nepalīdzēšu un nepalīdzēšu nevienam."

"Erceņģeļi ir turējuši Rozāliju šeit pret viņas gribu. Izmantoja viņu, lai nokļūtu pie manis. Jūs pārdomājāt dotos solījumus, atcēlāt manus izmēģinājumus…"

Viņa pieskārās briļļu apmalēm, tad noņēma tās. Viņas rokās brilles pārvērtās par čūsku, sarkanu čūsku, kas uzrāpās uz E-Z rokas un slīdēja augšup, augšup, augšup.

"Ko tas!" E-7 kliedza, kad čūska turpināja kāpt viņam pa kaklu. Pāri zoda malai. Tā slīdēja pāri viņa cieši aizvērtajām lūpām. Uz augšu un pāri degunam. Tad tā pāršķēlās uz pusēm un aptinās pa vienam galam ap katru no ausīm. Tad atgriezās savā sākotnējā stāvoklī, pulsējot acu brillēm.

"Tagad manas brilles ir tavas, lai ko tu darītu - neļauj Fūrijām tās tev atņemt. Ja tas notiks, mēs visi tiksim iznīcināti."

"Pagaïdiet!" atskanēja balss no sienas. "Ko darīt, ja tev neizdosies? Galu galā jūs esat tikai bērni."

"Es nevaru apsolīt veiksmi - bet mēs dosim visu, kas mums ir. Bet būtu labi zināt, ja mums būs vajadzīga jūsu palīdzība, ka jūs izmantosiet savas spējas, lai mums palīdzētu."

"Līgums," balss ieskanējās.

E-Z bija atgriezies savā ratiņkrēslā savā istabā, un uz viņa sejas pulsēja sarkanas brilles.

"Tev jāpārstāj tā darīt," sacīja tēvocis Sems, kurš guldīja brāļadēlu gultā. "Pirms es aizmirsīšu, mēs ar Semu šodien apciemojām PJ un Ardenu, kamēr slimnīcā veicām apskati. Mēs sastapām PJ tēvu; viņš mums sniedza jaunāko informāciju. Tagad viņi dzīvo vienā slimnīcas istabā, bet neviena no viņiem stāvoklis nav mainījies."

"Paldies, es grasījos viņiem piezvanīt. Labi, visi pulcēties."

KO DARĪT?

"**Vai**jums vajag, lai es palieku?" Sems ieturēja pauzi. "Jo mana sieva gaida, lai es viņai izmasēju kājas. Bērns gaidāms katru dienu, tāpēc likt viņai gaidīt nav risinājums."

"Uh, ej un parūpējies par viņu," sacīja E-Z. "Es tev vēlāk pastāstīšu sīkāk."

Lia apskāva Semu.

"Paldies," Sems teica, aizverot aiz sevis durvis.

Izskanēja durvju zvans.

"Es to dabūju!" Sems piezvanīja, skrienot uz durvīm.

"Viņam ir daudz darba," teica E-Z.

"Būs vieglāk, kad bērns piedzims," teica Lia.

"Būs lielāks haoss," teica Alfrēds. "Bet tagad par to neuztrauksimies."

"Kas ir jaunākais?" Lia jautāja.

"Sāc ar pozitīvajiem, ja tādi ir. Es ļoti ceru, ka tādi ir," sacīja Alfrēds.

"Labās ziņas ir tādas, ka man ir ideja. Skumjās ziņas ir tādas, ka man nav ne jausmas, vai tā darbosies pret mūsu ienaidniekiem. Viņi ir pazīstami kā Fūrijas. Vai kāds no jums ir par tām dzirdējis? Es to vārdu zinu no mitoloģijas, un tās ir parādījušās dažās spēlēs."

Lia pagrieza galvu ar "nē".

Alfrēds sacīja: "Es par tām esmu dzirdējis, bet tas bija sen. Domāju, ka mēs par viņiem lasījām vidusskolā, tolaik. Es atceros, ka viņi bija ļauni - varbūt trīs? Un vai tās nav dievietes? Man galvā ir Medūzas tēls. Vai viņas bija radniecīgas?"

"Tās ir sliktākas. Daudz sliktākas, jo tās ir trīs," E-Z sacīja. "Kad es vemju, nu, tas bija uzreiz pēc otrās tikšanās ar tām. Pirmajā sastapšanās reizē tas bija ceļojumā ar Hadžu un Reiki. To, ko viņi sauca par nelielu izlūkošanu. Un neuztraucieties, mēs bijām maskējušies, bet es daudz ko uzzināju. Viņi ir izveidojuši štābu Nāves ielejā.

"Kā mums bija aizdomas, viņu mērķis ir bērni. Spēļu pasaulē. Lia, tu jautāji, kāds ir viņu mērķis... Tas ir spiest bērnus pāri malai. Mūsu vecuma bērnus un pat jaunākus.

"Kad viņi viņus iegūst, viņi nozog viņu dvēseles. Un ievieto tās citiem cilvēkiem domātajos Dvēseļu ķērājos. Tāpēc, kad viņi nomirst, viņu dvēselēm nav, kur iet."

"Tas ir tik ļauni!" Lia teica.

"Tātad, kad dvēseļu ķērāju īstie īpašnieki nomirst, kas notiek ar viņu dvēselēm? Ja viņu dvēselēm nav, kur doties - ne mājās, ne debesīs - kas tad ar tām notiek?" Alfrēds jautāja.

"Tā ir lieta. Viņām nav mūžīgās atdusas vietas, tāpēc pēc nāves tās vienkārši peld apkārt. Tā ir saīsinātā versija. Un mums ir jāapstādina Fūrijas, un mums tās jāapstādina drīz."

"Kā viņi paņem bērnu dvēseles? Es nesaprotu," jautāja Lia.

"Arī es," sacīja Alfrēds. "Bērni, it īpaši tie, kas spēlē spēles, ir ļoti zinoši datori. Kā viņi pakļauj sevi briesmām? Kā Fūrijas piekļūst viņiem viņu pašu mājās, tepat zem vecāku deguna?" "Vai viņi ir atbildīgi par to, ka PJ un Ardens ir komā?" Viņš uz mirkli aizdomājās.

"Labi, vispirms Lijas jautājums. Fūrijas soda tos, kas ir nesodīti, - tāds ir bijis viņu mērķis vēsturiski. Viņu galvenais ierocis vienmēr ir bijusi nožēla. Tās liek cilvēkiem justies vainīgiem. Lai nožēlo, ka dara nepareizi. Un, kad tās to paveic, viņas pārņem kontroli. Tās dzen viņus trakos, liek viņiem sevi iznīcināt.

"Es tev stāstīju par to puiku, kurš atnāca pie manis mājās un mēģināja mani nošaut? Viņš teica, ka kāds no spēles viņam teicis, ka nogalinās viņa ģimeni, ja viņš mani nenogalinās. Viņi viņu pierunāja doties man pakaļ, jo viņš bija veicis darbības spēles ietvaros. Man vajadzēja saņemt mājienu no Ēriēla, lai saprastu šo saikni. Tajā brīdī tas šķita dīvaini, bet tas netika reģistrēts uzreiz.

"Tā viņi to dara. Bērns spēlē spēli, un, lai progresētu spēlē, viņam ir kāds jānogalina vai pat jāveic masveida slepkavība, vai, nu, jūs saprotat. Reālajā pasaulē šīs lietas ir grēki un ir pret likumu, spēlē tās ir daļa no spēles. Lielākajā daļā spēļu tas ir vienīgais mērķis."

"Pagaidiet," teica Alfrēds. "Vai jūs gribat teikt, ka viņi spēlē soda bērnus tā, it kā viņi reālajā dzīvē būtu izdarījuši slepkavību?"

"Tieši tā," sacīja E-Z. "Tieši to viņi arī dara. Kā viņi izmanto spēļu industriju, lai attaisnotu - nē, es nedomāju, ka tas ir īstais vārds. Es gribu teikt, lai attaisnotu viņu rīcību, atņemot bērnu dvēseles."

Lia sadevās rokās un savilka tās dūrēs. Tad viņa ar tām aizsedza ausis, it kā vairs negribētu dzirdēt. "Tev ir pilnīga taisnība, E-Z. Mums nav citas izvēles - mums noteikti ir jāaptur šīs raganas. Jo ātrāk, jo labāk."

"Es zinu," E-Z sacīja, "bet tas nebūs viegli. Viņas ir dievietes, pazīstamas arī kā Tumsas meitas un Erinijas. Viņu mērķis numur viens ir sodīt ļaundarus, un spēles ietvaros - visi ir ļaundari. Tas ir vienīgais veids, kā virzīties uz priekšu spēlē."

"Jūs teicāt, ka jums ir plāns, kāds tas ir?" Alfrēds jautāja.

"Vispirms atbildēšu uz jūsu jautājumu par PJ un Ardenu. Mana nojauta liecina, ka atbilde ir "jā". Bet es jautāju Rafaelai, vai viņa varētu to apstiprināt. Viņa teica, ka nevar simtprocentīgi pateikt vienā vai otrā virzienā. Tā kā Fūrijas nekad - cik viņai zināms - nav aizgājušas prom no dvēseles nozagšanas. Nemaz nerunājot par divām dvēselēm.

"Ak, vēl viena lieta, kas man tev jāsaka, ir tā, ka Nāves ielejā ir tūkstošiem Dvēseļu ķērāju. Varbūt vairāk nekā tūkstošiem, un to skaits ar katru dienu pieaug. Viņi ir tik tālu, cik vien acs redz." Viņš apstājās, it kā sirds viņam būtu kaklā, un noslaucīja asaru.

"Bija grūti būt tam lieciniekam. Tas, ko viņi dara, ir tik pārdomāti, apzināti. Taču es nevaru saprast, kas viņiem no tā izriet. Es gribu teikt, ka Hadžam un Reiki bija taisnība, aizvedot mani tur, lai es to redzētu. Ja viņi man būtu teikuši, neko nerādot... tas mani nebūtu tik smagi skāris. Ak, un Rafaels teica, ka viņi katru dienu palielina savu devu. Tātad mums nav daudz laika sēdēt un domāt. Mums ir vajadzīgs plāns, un mums ir jārīkojas."

"Vai viņi ir mirstīgie?" Alfrēds jautāja.

"Jā, mēs esam līmenī," sacīja E-Z. "Tāpēc plāns, ko es izdomāju, bija izveidot savu spēli. Tēvocis Sems varētu palīdzēt. Kad es spēlēšu, lai izceltos ar slepkavībām, tad Furijas atnāks pēc manis. Kad viņi to izdarīs, mēs viņus noķersim un nogalināsim spēlē.

"Es domāju, ka viņu spēki spēlē varētu mazināties. Bet tad man ienāca prātā - ko tad, ja arī manējās."

"Mēs to nezināsim, kamēr nebūs par vēlu," sacīja Alfrēds.

"Tieši tā. Jo vairāk es par to domāju, jo mazāk efektīva šķita šī ideja. Nemaz nerunājot par to, ka, ja viņi patiešām ir PJ un Ardens, iesprūduši limbo, līdz viņu kontrole... Nu, viņi varētu atņemt viņu dvēseles. Un mēs viņus zaudētu."

"Jūs domājat, ka tas varētu būt slazds?" Lia jautāja.

"Tieši tā."

"Jūs esat devuši mums daudz ko pārdomāt," sacīja Alfrēds. "Es domāju, ka mums vajadzētu to pārgulēt, pārdomāt un parunāsim par to vēlreiz rīt."

"Neesmu pārliecināta, vai man izdosies aizmigt," sacīja Lia, "bet es piekrītu, darīsim pauzi. Man vajag laiku, lai pārdomātu, cik lielās briesmās mēs nonāksim. Mums ir jāpārliecinās, ka esam viens otram mugurā."

"Protams," E-Z sacīja. "Tikmēr es redzēšu, vai man izdosies izdomāt plānu B."

Lia izgāja no istabas un aizvēra aiz sevis durvis.

"Interesanti, kas bija pie ieejas durvīm?" E-Z jautāja.

"Mēs varam pajautāt Semam no rīta, viņš droši vien vēl aizņemts ar sievas kājām."

Viņi smējās. "Izklausās pēc plāna," E-Z. "Labas nakts, Alfrēdi."

"Nakts, E-Z."

NODAĻA 30
OOOH, BABY BABY

"Bērns nāk!" Dažas stundas vēlāk Sems kliedza.

Ejot pa priekšu, viņš ar vienu roku turēja Samantas roku. Pār plecu viņam bija pārmests nakts maiss. Viņš paķēra automašīnas atslēgas.

"Tu nebrauksi, mīļā," Samanta teica, noliekot atslēgas atpakaļ uz letes.

E-Z iznāca zālē. "Vēlaties, lai mēs braucam ar jums?"

"Man nekas," teica Samanta. "Lia vēl guļ."

"Es viņu pamodināšu, un mēs tiksimies slimnīcā, labi?"

Lia paskatījās pāri plecam: "Es jau izsaucu taksometru. Viņš nebrauc."

Sems pasmaidīja: "Viņa ir priekšniece."

"Uz drīzu tikšanos," sacīja E-Z. "Starp citu, kas vakar vakarā bija pie durvīm?"

"Tā bija Rozālija. Viņa bija nogurusi, tāpēc mēs viņu ievietojām viesu istabā."

"Labi, paldies," E-Z teica.

Kustēdamies pa gaiteni līdz Lia istabai un domādams, ko Rozālija tur dara, viņš pieklauvēja pie durvīm.

"Tas esmu es, Lia," viņš teica. "Tava mamma un tēvocis Sems dodas uz slimnīcu. Bērniņš nāk pasaulē!"

Vispirms atskanēja klauvējiens, tad Lia atvēra durvis. Lampa, kas atradās uz viņas naktsgaldiņa, gulēja uz grīdas blakus gultai. "Es būšu gatava pēc sekundes," viņa teica. Viņa aizvēra durvis.

Viņš devās līdzi uz viesu istabu. Viņš ieskatījās iekšā, un Semam bija taisnība, Rozālija bija cieši aizmigusi. Viņš atgriezās savā istabā, ģērbās un centās nepamodināt Alfrēdu. Gulbjiem slimnīcā nebija atļauts atrasties, tāpēc pamodināt viņu būtu ļauns - viņš justos atstumts. Viņš uzrakstīja zīmīti, ka Rozālija guļ viesu istabā un lai pieskata viņu, līdz viņi atgriezīsies. Pasakiet viņai, lai viņa jūtas kā mājās, viņš rakstīja. Viņš atstāja zīmīti tā, lai Alfrēds to nepalaistu garām, kad pamostos.

E-Z aizvēra aiz sevis durvis un aizslēdza tās, tad viņš un Lia iekāpa gaidošajā taksometrā un devās uz slimnīcu.

Viņi sekoja norādēm un drīz vien atrada zīdaiņu nodaļu. Sems bija tur, staigāja uz augšu un uz leju, kā to dara topošie tēvi televīzijā.

"Kā tu turies?" E-Z jautāja.

"Kā mana mamma?" Lia jautāja.

"Paldies jums abiem, ka atnācāt," teica Sems. Viņam trīcēja roka, kad viņš mēģināja iedzert ūdeni no pudeles. "Samantai klājas patiešām ļoti labi. Es gribu teikt, ka viņa jau ir piedzīvojusi to kopā ar tevi, Lia, tāpēc viņa zina, ko gaidīt, un es esmu. Nu, es nezinu, vai es to panesīšu. Kurss, ko apmeklējām, lai palīdzētu mums sagatavoties šodienas notikumiem, bija labs - bet realitāte ir pavisam cita. Es ienīstu slimnīcas."

"Visi ienīst slimnīcas," sacīja E-Z. "Bet, kad viņi iziet pa šīm veramajām durvīm. Un saka, ka esi vajadzīgs... Tad tev jāsavācies un jāiet tur, lai palīdzētu sievai. Atcerieties, ka esat komanda, jūs esat kopā. Jūs to varat izdarīt!" Viņš paplaukšķināja tēvocim pa muguru.

"Es zinu."

Lia uzlika galvu uz Sema pleca. "Tev izdosies."

Atnāca medmāsa. "Tavai sievai esi vajadzīgs. Tas vairs nebūs ilgi jāgaida. Es jūs aizvedīšu, lai jūs nomazgātu, un tad jūs varēsiet būt kopā ar sievu, kad mēs viņu nogādāsim lejā."

Sems piekodināja, un viņš devās ceļā.

Pēdējais viņa sejas izskats atgādināja kādu, kas stāv šaušanas vienības priekšā.

"Ar viņu viss būs kārtībā," teica Lia, glāstot E-Z roku.

Pēc stundas Sems atgriezās pie viņiem ar plašu smaidu sejā. "Man ir vēl viena meita," viņš teica, "un dēls!"

"Divi bērni?" Lia un E-Z vienbalsīgi teica.

"Jā, divi. Skenēšanas laikā mēs redzējām tikai vienu."

"Kā mana mamma?"

"Viņa ir lieliska! Apbrīnojama!"

"Vai mēs varam viņu redzēt? Un mazuļus?"

"Dodiet viņiem dažas minūtes, lai sagatavotos. Tad jūs varēsiet iepazīties ar brāli un māsu Lia, un E-Z jūs varēsiet iepazīties ar saviem brālēniem un māsīcām."

"Jūs jau zināt, kā jūs viņus nosauksiet?" E-Z jautāja.

"Jā, bet mēs jums to pateiksim kopā."

"Godīgi," sacīja E-Z.

"Divi mazuļi, šajā mājā - kopā ar visiem pārējiem," sacīja Lia.

"Es domāju par to pašu. Mums jau ir pilna māja... bet mēs tiksim galā. Mēs vienmēr tiekam galā."

Viņi sēdēja kopā un gaidīja.

EPILOGS

Pēc nedēļām**bija**17. janvāris. Ziemassvētki bija atnākuši un aizgājuši ar visu ierasto krāšņumu un greznumu, tāpat kā jaunais gads. E-Z bija vēl par gadu vecāks, saldie sešpadsmit, un bariņš bija kopā viņa istabā. Čārlzs Dikenss pievienojās viņiem, izmantojot Facetime.

Turpat zālē dvīņi Džeks un Džila sacēla drūzmu. Sema un Samanta vēl tikai pierada pie jaunpienācēju rutīnas. Neviens maja neblJa daudz gulējis, līdz brīdim, kad viņi atvēra savas Ziemassvētku dāvanas. E-Z, Lia un pat Alfrēds saņēma skaņu bloķējošas austiņas.

E-Z bija domājis par citiem veidiem, kā viņi varētu uzvarēt Furiju. Papildus viņa idejai doties viņiem pakaļ spēlē. Bija tikai dažas citas iespējas.

Kamēr pārējie gulēja, viņš tiešsaistē bija veicis dažas sarunas ar Čārlzu. Čārlzs domāja, ka uzvarēt viņus viņu pašu spēlē būtu "pilnīgi drosmīgi". '

E-Z bija mazliet noraizējies, kādas vēl frāzes šie detektori mācīja Čārlzam. Kopā viņi nolēma papildināt grupu ar savām diskusijām, kā virzīt uz priekšu šo spēļu ideju.

"Tas ir vienkārši," teica Čārlzs Dikenss. "E-Z un es runājām pa telefonu, un mēs noskaidrojām, kas varētu darboties. Ja viņiem ir kaut kādas ziņas par Trijotni - es domāju, ka jūs atrodaties visā internetā -, viņi par jums zinās. Bet par mani viņi nezinās.

"Ne jau tāpēc, ka viņi no manis baidītos. Lai gan Edvards Bulvers-Litons reiz rakstīja: "pildspalva ir varenāka par zobenu." Bet es nevaru baidīties. Šajā gadījumā es ceru, ka tā būs taisnība.

"Tātad, es esmu praktizējies kopā ar saviem draugiem detektoristiem. Mēs izdomājām, ka vislabākā spēle, kurā viņus iesaistīt, ir jau esoša spēle. Un mēs domājam, ka zinām perfektu spēli.

"Tā saucas "The PK Crew". Spēles reitings dažviet ir 13+ vai 12+, un tā ir bezmaksas. Spēles motīvs ir nogalināt ikvienu, tostarp savu ģimeni un draugus. Par katru nogalināšanu jūs saņemat atlīdzību, bet, nogalinot sev tuvus cilvēkus, jūs saņemat pat vairāk punktu. Vairāk naudas. Pat slavu spēles ietvaros. Jūsu attēls PK TV televīzijā. Uz laikraksta

The Peachy Keen Times pirmās lapaspuses. Spēle notiek izdomātā pilsētā Peachy Keen. Tā ir perfekta lamatas - un šo spēli mēs uzsāksim paši. Es spēlēšu divpadsmitgadnieka lomā, viņi ienāks spēlē, un jūs, puiši, jau būsiet tur." "Es spēlēšu divpadsmitgadnieka lomā, viņi ienāks spēlē, un jūs, puiši, jau būsiet tur.

"Tas būs pietiekami droši," sacīja E-Z, "jūs jau esat miruši - es domāju, savā iepriekšējā dzīvē -, tāpēc viņi nevarēs jūs nogalināt." "Tas būs pietiekami droši," sacīja E-Z. "Jūs jau esat miruši.

Pie durvīm atskanēja klauvējiens: "Tās ir atvērtas," sacīja E-Z.

Lia uzlēca un apskāva Rozāliju. "Prieks redzēt, ka tu esi pamodusies," viņa teica, ieķeroties draudzenes biezajā džemperī.

Rozālija bija kļuvusi par svarīgu viņu komandas sastāvdaļu. Tomēr viņai bija atļauts palikt kopā ar viņiem vēl tikai vienu dienu. Pēc tam viņai bija jāatgriežas mājās.

Dodoties pāri istabai, lai apsēstos, viņa paglaudīja gulbi Alfrēdu pa galvu. Viņi visi bija ātri sadraudzējušies, jo viņa bija ieradusies pirms mazuļiem.

"Man ir dažas lietas, kas man jums jāstāsta. Pirmkārt, paldies, ka esat mani laipni uzņēmuši. Bija brīnišķīgi jūs redzēt, un paldies par to, ka ļāvāt man justies kā daļai no jūsu komandas."

"Ahhhhhhh," Lia teica.

"Tas, kas man jāstāsta, ir tas, ka es esmu rakstījusi grāmatā par citiem bērniem ar īpašām spējām, kas ir tādas pašas kā jums. Tā ir mana naktsgaldiņa atvilktnē. Nākamreiz, kad jūs nāksiet pie manis, es jums to iedošu, lai jūs varētu aiziet un piesaistīt pārējos, lai palīdzētu jums uzvarēt Furiju."

"Mums būs vajadzīga visa iespējamā palīdzība," sacīja Lia.

"Rafaels un Ēriels domā, ka viņi var jums palīdzēt, tāpēc viņi gribēja, lai es viņiem sniegtu sīkāku informāciju. Tāpēc es visu pierakstīju, lai neaizmirstu neko svarīgu."

"Vai tāpēc Rafaels un Ēriels ievilka tevi baltajā istabā?" E-Z jautāja.

"Jā un nē. Es domāju, jā. Viņi zina par citiem bērniem. Bet nē, viņi nelūdza man atklāti nodot informāciju par viņiem. Es zinu, ka šie bērni jums ir svarīgi, un bez viņiem jūs nevarēsiet uzvarēt "Furiju".

"Ko tu zini par Furijām?" Alfrēds jautāja.

Rozālija sakustējās un sakrustoja rokas. "Es zinu dažas lietas par viņiem. Piemēram, ka tās ir trīs biedējošas māsas, kas ir atgriezušās šeit, uz zemes, lai nedarītu neko labu."

E-Z sacīja: "Tu nejoko. Esmu pati savām acīm redzējusi, kādu postu viņas līdz šim ir nodarījušas. Mēs strādājam pie plāna. Bet sakiet, kur ir šie pārējie bērni? Vai jūs domājat, ka viņi mums palīdzēs? Ja vien mums izdosies atrast veidu, kā viņus šeit nogādāt."

"Viņi ir labi bērni, bet jums būtu jājautā viņiem un viņu vecākiem atļauja. Viens ir otrā pasaules malā, Austrālijā, viens ir Japānā, bet otrs - Amerikas Savienotajās Valstīs, Fīniksā, Arizonā. Iespējams, ir vēl citi, bet šie trīs ir vienīgie, ar kuriem man līdz šim ir bijis kontakts," sacīja Rozālija.

"No otras puses, jaunu bērnu piesaistīšana sarežģīs situāciju," sacīja E-Z. "Turklāt, ja mums neizdosies, tad nebūs neviena, kas varētu mūs aizstāt. Iespējams, mums pašiem būtu labāk to pārvaldīt, pēc iespējas mazāk pakļaujot sevi atklātībai. Ja mēs to varam izdarīt, es domāju, izņemt Furiju - kāpēc iesaistīt citus? Svešinieki? Kāpēc riskēt ar citu bērnu dzīvībām?"

"Vēl nesen mēs visi bijām svešinieki," sacīja Alfrēds.

"Es joprojām esmu svešinieks - pat ja mēs esam radinieki," Čārlzs Dikenss nosvēra. "Bet es neesmu viens no Trijotnes. E-Z ir galvenais, un es labprāt darīšu visu, ko viņš uzskata par labāko. Detektoristi saka, ka esmu iesācējs. Un tā ir taisnība."

Rozālija paskatījās uz zēnu Ekrānā. "Mēs neesam pienācīgi iepazīstināti," viņa teica. "Es esmu Rozālija, un esmu diezgan pārliecināta, ka esmu vēl lielāks iesācējs nekā tu."

Čārlzs pasmējās. "Es esmu Čārlzs Dikenss."

"Vai esi radinieks Čārlzam Dikensam?" Rozālija jautāja.

"E, jā, es esmu viņš - reinkarnējies."

Rozālija smējās. "Es domāju, ka esmu dzirdējusi visu. Es priecājos iepazīties ar jums, Čārlzs."

Uz durvīm atskanēja skaļa klauvēšanās.

Dažas sekundes vēlāk zābaku kājas, pretēji Sema protestiem, mēroja ceļu pa gaiteni.

"Rozālija," caur aizvērtajām durvīm sacīja resnākais no abiem vīriešiem. "Ir pienācis laiks atgriezties mājās. Tev vajadzīgas zāles, tāpēc iznāc, citādi mums nāksies ierasties pēc tevis iekšā."

Rozālija piecēlās: "Izskatās, ka es jums pateicu visu, kas jums jāzina, un turklāt laikus." Viņa piegāja pie durvīm, atvēra tās un izgāja kopā ar aprūpētājiem.

Brīdi ātrās palīdzības automašīnas aizmugurē, tad baltajā telpā. Plaukti un grāmatas bija tās pašas, bet smarža nebija tāda pati. Pirms tam smaržas nebija, bet tagad tā bija slikta. Smirdēja. Negaršīga. Kā balinātājs un sapuvušas olas.

Caur sienu ienāca trīs sievietes, no galvas līdz kājām tērptas melnā. Matu vietā viņām bija čūskas. Un vēl vairāk čūskas rāpoja pa rokām uz augšu un uz leju. Tās lidoja viņai virsū. Viņu sikspārņiem līdzīgie spārni kontrastēja ar telpas tīrību un baltumu. Viņiem no acīm pūtās asinis, kad tie švīkšķināja ar pātagām viņas virzienā.

Viņu smārds bija nepanesams.

"Pastāstiet mums, ko mēs gribam zināt," fūrijas vienbalsīgi uzmeta.

"Es nezinu, ko jūs man jautājat," sacīja Rozālija, turēdama degunu.

PĒC.

Pātagas plaukšķis aizskāra ādu uz vecās sievietes vaiga. Kad viņa pieskārās sejai un paskatījās uz savu roku, tā bija asiņaina.

"Jūs zināt," sacīja Allija, kamēr viņa un viņas māsas vēlreiz švīkšķināja ar pātagām vecās sievietes tuvumā.

"Es nezinu, ko jūs domājat."

Grāmatu plaukts apgāzās. Ja nebūtu ātri kustīgo kāpņu, Rozālija būtu zem tā saspiesta.

PĒC.

Es sapņoju, nodomāja Rozālija. Man vajag pamosties. Man vajag pamosties TAGAD un aizbēgt prom no šīm briesmīgajām smirdīgajām radībām.

Krita vēl viens grāmatu plaukts.

Tad vēl viens. Un vēl viens.

Drīz vien arī kāpnes atsitās pret grīdu un atlēca. Vienu, divas, trīs reizes. Tad sadrupēja gabalos.

"Ak, nē!" Rozālija kliedza.

"Tu mums pateiksi, mīļā," pieprasīja Tizi, paceļot vecāko sievieti no zemes, kad viņas čūskas rokas apskāva viņu.

Rozālijas kājas nedroši pakārās. Kamēr čūskas savilkās ap viņas ķermeņa augšdaļu.

"Uzmanies, māsa, tu viņai sagādāsi sirdslēkmi," Mega pīkstēja, pietuvojoties Rozālijai. "Dod mums to, ko mēs gribam, mīļā."

"Es jums neko neteikšu. Nav svarīgi, ko tu ar mani izdarīsi," sacīja Rozālija.

Viņa bija tik drosmīga. Jo viņa zināja, ka nav viena. Lia bija turpat, klausījās.

"Tā ir pilnīga laika izšķiešana," sacīja Allija, raidot gaisā pātagu un notriecot visu grāmatu plauktu sienu. Dažas spārnotās grāmatas centās izkļūt no plauktiem. Viena mēģināja lidot ar savu vienīgo atlikušo spārnu.

Tizi pagriezās pret tālāko sienu un aizdedzināja grāmatas. Tās kā domino kauliņi krita uz nabaga Rozālijas, kura bija aprakusies zem degošajām grāmatām.

Fūrijas skaļi un lepni smējās.

Rozālija domās sauca Lia vārdu. Kur tu esi, Lia? viņa jautāja. Kur tu esi, mazā?

Atgriezies mājā, E-Z atvēra savu klēpjdatoru. "Labi, mums ir bijusi iespēja pārgulēt. Vai mēs visi esam vienisprātis, ka mums nav citas izvēles, kā vien cīnīties ar Fūrijām?"

Lia un Alfrēds pieskārās.

"Un mums ir jāsaņem šie pārējie bērni un jānogādā viņi šeit. Mēs esam trīs un viņi ir trīs. Lia, tu dodies uz Fīniksu - Mazā Dorita var tevi aizvest vai arī tu vari lidot ar lidmašīnu."

"Man labāk patīk Mazā Dorita."

"Labi, pirmais bērns ir sakārtots. Lai gan mēs nezinām viņas vārdu un nezinām, kur tieši viņa atrodas Fīniksā, Arizonā. Un jums tas būs jānoskaidro ar viņas vecākiem. Tas nebūs viegli, jo jums būs jāinformē viņus, kādās briesmās nonāks viņu bērns."

"Tas nebūs viegli," viņš teica.

"Jā, man no Rozālijas būs jāsaņem sīkāka informācija."

"Alfrēds, tu vari doties uz Japānu. Es ierosinu lidot ar lidmašīnu - mums būs jāizstrādā loģistika. Tev vajadzēs lidot atpakaļ kopā ar bērnu, kas, pieņemot, ka viņa vecāki dos tev atļauju. Atkal, mums no Rozālijas ir vajadzīga konkrēta informācija, kur bērns atrodas. Un būs valodas barjera, ja vien jūs nezināt japāņu valodu?"

Alfrēds pakratīja galvu.

"Es sameklēšu tulkotāju."

"Mēs jums iedosim telefonu, un jūs tajā varēsiet ievietot lietotni, kas tulkošanu veiktu jūsu vietā. Būs jāmācās," sacīja E-Z. "Īpaši tāpēc, ka tev nav pirkstu."

"Man tas izklausās labi," sacīja Alfrēds. "Man tūlīt būs jāsāk strādāt ar telefonu. Nevajadzētu aizņemt daudz laika, lai to saprastu. Tikmēr Rozālija var pastāstīt bērnam, ka es esmu gulbis - lai viņi, pirmo reizi mani ieraugot, nekrīt un nesapinas." "Es esmu gulbis," teica Alfrēds.

"Tā ir laba ideja," teica Lia. "Bet kā tu to drukāsi?"

"Es varu izmantot savu knābi."

"Vai ar balsi aktivizētu programmu," sacīja E-Z.

"Forši," Lia un Alfrēds teica vienbalsīgi.

"Un es lidos uz Austrāliju. Es kopā ar mazo noķeršu lidmašīnu atpakaļ, bet būs ātrāk, ja lidosim tieši uz turieni. Ak, un vēl viena lieta, mums pašiem ir jāizdomā, kā izdomāt lamatas. Kādā veidā mēs varētu izkļūt - gadījumā, ja viens vai vairāki no mums tiktu noķerti, nogalināti vai ievainoti. Mums jābūt gataviem visam. Ja mēs nomirsim, pirms pabeigsim šo lietu, nebūs neviena, kas varētu savākt visu, kas paliks pāri."

"Arhaņģeļi," Lija aizsmiedzās, tad apstājās. Viņa sakustējās, pēc tam nespēja noķert elpu. Viņa apskāva sevi ar rokām.

"Vai ar tevi viss kārtībā?" E-Z jautāja.

"Kššš," viņa teica. Nedz telpā, nedz viņas prātā nebija nekādu skaņu, valdīja absolūts un pilnīgs klusums. Viņas sirdsdarbība atgriezās normālā līmenī, tāpat kā elpošana.

"Viltus trauksme," viņa teica. "Man likās, ka kaut kas nav kārtībā, it kā es būtu saņēmusi SOS, bet tagad šķiet, ka viss ir kārtībā."

"Vai tas notiek bieži?" Alfrēds jautāja.

"Nē," atbildēja Lia.

"Labi, sāksim prāta vētru," teica E-Z. Un atlikušo dienas daļu viņi pavadīja, sastādot sarakstu un nosakot, kas varētu iet greizi un kas varētu iet labi.

Viņi devās uz savām istabām un gulēja.

Visiem, izņemot Rozāliju, nakts bija mierīga.

Rozālija, kuras balss nebija dzirdama.

Uz kuras balsi neviens neatbildēja.

Palīdzība neieradās.

Baltā istaba bija izpostīta.

Neviens neieradās glābt Rozāliju.

No ļaunajām fūrijām.

Pateicības

Dārgie lasītāji,

Paldies, ka izlasījāt E-Z Dikensa sērijas trešo grāmatu... Atvainojiet par skumjajām beigām, bet reizēm tādas lietas gadās.

Noslēdzošā grāmata būs pieejama drīzumā!

Vēlreiz paldies visiem cilvēkiem, kas man palīdzēja padarīt šo sēriju par visu, kas tā varētu būt, piemēram, maniem beta lasītājiem, korektoriem un redaktoriem. Pateicība!

Maniem draugiem un ģimenei paldies par iedrošinājumu un atbalstu.

Un, kā vienmēr, Priecīgas lasīšanas!

Cathy

Par autoru

Cathy McGough dzīvo Ontario provincē kopā ar vīru, dēlu, kaķi un suni.

YA

E-Z DICKENS SUPERVARONIS CETURTĀ GRĀMATA: UZ
LEDUS